古典文學研究輯刊

二三編

曾永義 主編

第28冊

石麟文集（第九卷）：
俗話潛流（選本）（下）

石　麟 著

國家圖書館出版品預行編目資料

石麟文集（第九卷）：俗話潛流（選本）（下）／石麟 著 -- 初版 -- 新北市：花木蘭文化事業有限公司，2021〔民 110〕
目 2+152 面；19×26 公分
（古典文學研究輯刊　二三編；第 28 冊）
ISBN 978-986-518-367-7（精裝）
1. 中國小說 2. 中國文學史 3. 文學評論
820.8　　110000439

ISBN-978-986-518-367-7

古典文學研究輯刊
二三編　第二八冊　　ISBN：978-986-518-367-7

石麟文集（第九卷）：俗話潛流（選本）（下）

作　　者　石　麟
主　　編　曾永義
總 編 輯　杜潔祥
副總編輯　楊嘉樂
編　　輯　許郁翎、張雅淋　美術編輯　陳逸婷
出　　版　花木蘭文化事業有限公司
發 行 人　高小娟
聯絡地址　235 新北市中和區中安街七二號十三樓
電話：02-2923-1455／傳真：02-2923-1452
網　　址　http://www.huamulan.tw 信箱 service@huamulans.com
印　　刷　普羅文化出版廣告事業
初　　版　2021 年 3 月
全書字數　211587 字
定　　價　二三編 31 冊（精裝）台幣 82,000 元　

石麟文集（第九卷）：
俗話潛流（選本）（下）

石麟 著

目次

上　冊

下　冊

豬八戒的「學生」

《西遊記》中的豬八戒萬萬想不到，百年之後的他，居然還有一些個「學生」。而且，這些學生首先學習的正是他老豬最具有人類動物性底蘊的東西：貪吃好色。

豬八戒之所以成為「豬八戒」，就吃虧在好色方面，這也是《西遊記》描寫的「出彩」點之一。且看老豬對著觀音菩薩的自報家門：

> 那怪道：「我不是野豕，亦不是老彘，我本是天河裏天蓬元帥。只因帶酒戲弄嫦娥，玉帝把我打了二千錘，貶下塵凡。一靈真性，竟來奪捨投胎，不期錯了道路，投在個母豬胎裏，變得這般模樣。是我咬殺母豬，可死群彘，在此處佔了山場，吃人度日。不期撞著菩薩，萬望拔救，拔救。」（《西遊記》第八回）

然而，當觀音菩薩「拔救」了老豬之後，這位皈依佛門的「豬長老」是否改變了好色之初衷呢？完全沒有，在好色問題上，豬八戒可是根本戒不了，在西天路上出盡了洋相。甚至於，當他再次碰到意中人嫦娥仙子以後，身為和尚的老豬居然當著師父、師兄、師弟以及對方的領導，還有很多凡夫俗子的面，又一次「情不自禁」起來：

> 正此觀看處，豬八戒動了欲心，忍不住跳在空中，把霓裳仙子抱住道：「姐姐，我與你是舊相識，我和你耍子兒去也。」行者上前揪著八戒，打了兩掌，罵道：「你這個村潑呆子！此是甚麼去處，敢動淫心！」八戒道：「拉閒散悶耍子而已！」那太陰君令轉仙幢與眾嫦娥收回玉兔，徑上月宮而去。（《西遊記》第九十五回）

老豬真是可愛，他的可愛之處正在於「歷經苦難癡心不改」，執著到了無以復加的地步。但是，豬八戒萬萬沒有想到，他的所愛嫦娥女士，卻原來是一個很多人都心儀已久的「大眾情人」。且不說當今千千萬萬的登徒子，看到美女往往以嫦娥作為參照系，就是在古人之中，詩詞歌賦裏以「嫦娥」比美女的詞句也是恒河沙數。更有甚者，哪怕在神仙界，嫦娥女士也是許多男仙的共同追逐對象。可不是，老豬的一個學生就昏頭昏腦地衝上來了。

> 純陽醉眼歪斜，手拉嫦娥，把金觴一舉，微微含笑，向嫦娥開言說道：「仙卿，我這有瓊漿一盞，請卿慢慢而嘗，休留殘滴，以表我酬謝你之意。」嫦娥見純陽把袂賜酒，當著眾仙面前，連忙推辭說：「承呂仙親頒玉醍，何以克當。」呂純陽聞言又看他一眼，模樣實生得好。只見他那言語推辭，真有萬種風情，僥倖得今日得他前來敬酒，心中一時胡思亂想，便用手拉住嫦娥衣袖不放。羞得嫦娥摔開了他的手，臉上飛紅，捧了玉壺走開。（《三戲白牡丹》第四回）

真是不讀書不知天下之奇，沒有讀《三戲白牡丹》，怎麼知道呂洞賓是豬八戒的高足？並且，他們師徒愛的居然就是同一個人。這呂洞賓也太過分了，大有欺師滅祖之勢。當然，由於時過境遷，呂洞賓的運氣比豬師父好多了。他不僅沒有打落凡塵錯投胎，變成豬兒狗兒之類，反而倒是「被戲」的嫦娥被貶人間，成為美女白牡丹，並且還要遭到呂洞賓的「三戲」。由此，又體現了兩條顛撲不破的真理：第一，弟子不必不如師，師不必先（賢）於弟子。第二，無論幹什麼都得一流，當神仙也要當「上八洞」。

老豬的好色弟子可多著哩！現如今的「上八洞神仙」更是不少，我們也沒有時間和條件一一論及。不妨話題稍轉，談談老豬另一方面的學生：那些饕餮大王們。當然，首先還得從老豬談起。他在陪著師父取得真經送到東土大唐之後，又轉回西方極樂世界受佛祖封贈，不料，就在這論功行賞之時，鬧了點小小的笑話。

> 八戒口中嚷道：「他們都成佛，如何把我做個淨壇使者？」如來道：「因汝口壯身慵，食腸寬大。蓋天下四大部洲，瞻仰吾教者甚多，凡諸佛事，教汝淨壇，乃是個有受用的品級，如何不好！」（《西遊記》第一百回）

此後的老豬，究竟吃了多少祭物，《西遊記》裏沒有再寫，反正他在之前也吃得夠多了。況且，他也的的確確在貪吃方面後繼有人。甚至更多的人對他的貪吃發揚光大，並且形成文化系列。有什麼舌尖上的中國，有什麼飲食文化，有什麼美食家，甚至還有的乾脆叫「吃貨」。想當年，老豬在西天路上當了百分之九十幾的「餓貨」，僅僅當了百分之幾的「吃貨」。如今卻是「吃貨」漸漸多，「餓貨」漸漸少。但願這些老豬的學生們不要吃出毛病，因為糖尿病、肥胖症、高血壓、高血脂正在向這些豬八戒的徒子徒孫們招手哩！

閒話少說，還是回到中國古代小說中豬八戒的「吃貨」學生。這些學生大吃大喝起來可是「文武葷素不擋」，有吃祭物的，也有吃家宴的，從果品蔬菜到海味山珍，統統狼吞虎嚥。且看兩例足矣！

> 馮驩領命，向晚出營，到荒郊地上鋪一領斜席坐下，口中念詞，一手撚訣，一手招風。不多時，起在空中，四下一瞧，看見龐涓花園，墜雲而下，果見家廟堂邊擺著香案，……擺列幾品祭物，馮驩先把祭物吃了。（《孫龐演義》第十六回）

> 嫣娘說：「你們成天家想著法鬧，又請什麼客？又是什麼小的大的？我是個豬八戒淨壇使者，豈有不好吃的！好菜好酒，快些拿來，等我狼餐虎咽。」（《風月鑒》第二回）

以上二例，前者是歷史名人，被作者拉來順手調侃一番，不過，這人本身也有責任，誰叫他當「餓貨」的時候，老是敲著破刀的柄嚎叫著「沒有魚吃沒有魚吃」呢？這次可吃了個夠！後者是「莫須有」人物，但身份較高，是個富二代，故而可以在自己家中對著丫鬟侍女大擺「吃貨」王八款，動不動就要如狼似虎地吞咽「好酒好菜」。當然，這兩位老豬的學生表現還是各有特色的。馮驩先生主要是行動上學習師父，而且是不遠千里飛抵目的地以後的埋頭苦幹，是一個踏踏實實的人。而那位嫣娘公子，雖然名字取得像個女人，大吃大喝起來可是典型的男子漢氣概，而且，實幹之前還要打造聲勢：「我是個豬八戒淨壇使者，豈有不好吃的！」不過，這人也有一個特點：「性情中人」，誠如酒桌文化上經常聽到的那種表彰。

以上，我們對豬八戒的一些「萬萬想不到」幫他想到了一點：他的貪吃好色的若干學生。但是，更令豬八戒先生千萬萬想不到的還有一點，他不僅有「實踐型」的徒弟，還有繼承「理論」衣缽的學生。當然，這也與「吃」有聯繫。《西遊記》曾經寫到有一次豬八戒撈著一個機會放開海量大吃大喝的時候，「吃相」實在難看，他那忠厚的師弟沙和尚偷偷地拉了他一把，並低聲提醒「斯文」。不料，這引起豬八戒大喊大叫：「『斯文！』『斯文！』肚裏空空！」

而沙和尚卻又對「肚裏空空」做了妙解：「二哥，你不曉的。天下多少斯文，若論起肚子裏來，正替你我一般哩。」（第九十三回）其實，這一段話裏，最厲害的倒不是豬八戒的大喊大叫，而是沙和尚針對豬八戒大喊大叫的補充解釋：天下多少斯文，都是腹中空空。這已經由書本中的情節拓展到書外面的「情結」。如此一來，豬八戒「斯文斯文，腹中空空」的吶喊，就成為作者借老豬兄弟之口對明代社會許許多多附庸風雅而又胸無點墨的假斯文的絕妙諷刺。殊不知，這一點由書中「情節」演化而成的社會「情結」，卻也被後世小說家學得深入骨髓。

> 話說吳爾知得了這幾個幫手，賺了許多錢鈔，數年之間，何止三五千金，連幫手也賺了若干銀子，只吃虧了那些少年子弟。曹妙哥見積攢了這許多銀子，便笑對吳爾知道：「我當日道，若積攢得錢來，以為日後功名之資。」吳爾知道：「我這無名下將，胸中文學只得平常。《西遊記》中豬八戒道得好，『斯文斯文，肚裏空空』，我這空空之肚，只好假妝斯文體面，戴頂巾子，穿件盛服，假搖假擺，將就哄人過日，原是一塊精銅白鐵的假銀，沒有什麼成色，若到火上一燒，便就露出馬腳，怎生取得『功名』二字？」（《西湖二集．巧妓佐夫成名》）

一個窮書生，弄到一點錢以後將要投資什麼？吳爾知身邊的「巧妓」變成終身伴侶的曹妙哥，勸他經營科舉產業——考試做官。但吳爾知還算有點自知之明，他知道自己讀書不咋樣，只是「一塊精銅白鐵的假銀」，於是，二人展開了更為深入的科舉仕途之路的探討，並且，吳爾知這個「無名下將」居然也在曹妙哥的指導張羅之下「登了進士，選了伏羌縣尉」。這些，我們且不去管它。重要的是，這位稍有自知之明的窮書生，在說明自己「沒有什麼成色」的時候，所引之經典居然是《西遊記》中的豬八戒的語錄：「斯文斯文，肚裏空空。」而且，還對著妓女宣稱這經典言論的出處。由此可見，這人才真正是豬八戒最富理論色彩的徒弟。

有弟子如此，老豬可以安眠了。

但有很多人卻應當難以入睡：監察御史們，提學副使們，刑部侍郎們，大理寺卿們。

女兒國的「仙話」和宜男國的「鬼話」

《西遊記》中的女兒國是一個非常美麗的世界，至於唐僧是否識得這美麗，我們且不去管他。這裡要說的是，女兒國的美麗主要體現在它的仙話意味。

有人或許會說，《西遊記》不是神話小說嗎？怎麼鬧出個「仙話小說」。是的，《西遊記》既是神話小說，也是仙話小說，甚至還可以說它是童話小說。

《西遊記》是童話小說這一點應該是毫無疑義的，這只要問一下中國的學齡前兒童，他們最先認識的中國古代小說中的藝術形象是誰，就可以明白大概。這裡，主要闡明一下《西遊記》為什麼是仙話小說的問題。

要弄清這一點，首先得瞭解一下「神話」與「仙話」的區別。神話與仙話，最大的相同點乃是超現實的想像。而它們最大的不同點有三：第一，神話產生於上古無階級時代，仙話則產生於三代以後的有階級時代；第二，神話中的「神」是天生的、自然的，而仙話中的「仙」則多半是修煉而成的；第三，神話中的人物與自然人一樣，有「生」與「死」，而仙話中的人物則超脫於生死之外。當然還有其他區別，但最主要的是以上三點。不過，我們今天所說的「神話」，其實是兩個概念，一個是狹義的「神話」，它是與「仙話」「童話」並列的概念；二是廣義的「神話」，它其實是包含「仙話」、「童話」在內的。進而言之，廣義的「神話小說」是存在的，因為它包含了「仙話小說」「童話小說」，而狹義的「神話小說」則是不存在的，因為中國古小說產生於三代以後。

回到正題，《西遊記》中的女兒國是現實生活與美麗想像的結合，它既有生活真實的一面，又有超自然的一面，所體現的，是一個美麗動人的仙話境界。這一點，在女兒國的生育方式方面體現得尤為充分。

由於女兒國沒有男人，全都是女性，她們怎樣生兒育女、傳宗接代呢？且看該國資深女人的介紹：

> 那婆子戰兢兢的道：「爺爺呀，我燒湯也不濟事，也治不得他兩個肚疼。你放了我，等我說。」行者放了他，他說：「我這裡乃是西梁女國。我們這一國盡是女人，更無男子，故此見了你們歡喜。你師父吃的那水不好了。那條河，喚做子母河。我那國王城外，還有一座迎陽館驛，驛門外有一個『照胎泉』。我這裡人，但得年登二十歲以上，方敢去吃那河裏水。吃水之後，便覺腹痛有胎。至三日之後，到那迎陽館照胎水邊照去。若照得有了雙影，便就降生孩兒。你師吃了子母河水，以此成了胎氣，也不日要生孩子，熱湯怎麼治得？」（《西遊記》第五十三回）

唐僧、豬八戒一不小心喝了女兒國子母河的水，於是懷孕了。因為人不分男女，只要喝了那神秘的河水，就會懷孕。這真是一種出人意料而又合乎情理的奇思妙想，它不僅解決了女兒國沒有男人怎麼懷孕生子、傳宗接代的問題，而且還將遠古聖水靈驗的神秘傳說現實化、生活化。這種奇特的想入非非，既富有傳奇色彩，又顯得純潔乾淨，而且，還充滿諧趣意味。

然而，中國古代小說史的發展並非一帆風順，也不一定是「樓下客滿——後來者居上」的。某些具體描寫的片段，或許會照葫蘆畫瓢，甚至一蟹不如一蟹。且看下面這段分明模仿《西遊記》女兒國的敘寫：

> 怎麼此國沒有女子為母？安有男子生人之理？看官，聽我講明這段話說。此國有池，名為宜男池。池中有一宜男山，山上有一宜男菩薩，國人欲求嗣，帶宜男草一束，齋戒焚香，虔誠叩禱，夜宿山上，有優婆尼入夢交感。記了日子，次年此日，復宿其處，優尼送子來還，奉以金帛彩段，求其撫養。或三年或七年，挈禮到山禱求領回。此夜仍宿交感處，優尼送兒至，帶回養育，便是己子。所以有父無母。（《宜春香質・月集》第二回）

這其實是一種並不新鮮的反向模仿，《西遊記》裏不是有沒有男人的女兒國嗎？這裡就臆造出一個沒有女性的宜男國。《西遊記》中不是沒有男人也可以想辦法生孩子嗎？這裡在沒有女人的時候也要想法兒生孩子。可惜的是，《西遊記》的想法是天然的、健康的，而這裡的想法卻是人為的、齷齪的。那宜男山上的宜男菩薩，其實就是一個統帥一群幽尼的「鴇兒」，宜男國的男人與宜男山的幽尼交配得子，然後蒙上菩薩恩賜的外衣，用這種自欺欺人的手段來傳宗接代，解決宜男國只有男風而無女色但又要生孩子的嚴峻問題。其結果，留下了一片神秘的肮髒、肮髒的神秘。

更為有趣的是，《西遊記》和《宜春香質》的作者明明都知道男人不能生孩子，但前者採取了調侃的手段，讓唐僧、八戒懷胎，體驗一下女人十月懷胎和一朝分娩的艱難與痛苦，後者卻讓那一大群妓女般的幽尼為男風之國的男人懷胎生子，並附帶養育到三歲甚至七歲的義務和責任，真正是滑天下之大稽！

自然界是神奇的，將這種傳奇生活化，使之具有仙話色彩，能讓讀者得到一種輕鬆愉快的享受，這大概就是女兒國故事的美麗之所在。娼妓和男風都是可恥的，而將這些可恥的東西精心包裝而發售之，使之成為連篇的鬼話，則只能讓讀者感到噁心，這大概也是宜男國故事的卑污之所在。《宜春香質》的作者，模仿《西遊記》，竟然從美麗模仿到了卑污，由健康模仿到了病態。這種從仙話到鬼話的演變，只能說是每況愈下或每下愈況！

對於一般讀者而言，則誰都願意看那些動人的仙話，而不願意聽那些扯淡的鬼話！

吃：人參果與魚翅

晚清小說《發財秘訣》寫一個未曾見過大世面的人，有一次參加一個頗為高級的宴席，席間上了一道魚翅。對這種美味佳餚，此人只聽說過而沒有品嘗過，於是，就出洋相了。

> 堂倌送上魚翅來。秀乾道：「近來新新樓的魚翅，甚是考究，大家請一杯！」於是各人幹了一杯。雪畦暗想：魚翅這樣東西，向來只聽見過，卻未曾吃過，不知是什麼滋味。於是隨著眾人，夾了一箸，往嘴裏一送，誰知還是滾燙的，把嘴唇舌頭一齊燙了，連忙吐了出來。正是：急欲充腸果腹，惹來舌敝唇焦。未知後事如何，且聽下回分解。（第七回）

看到這段描寫，讀者馬上會聯想起豬八戒吃人參果的故事，那可是老豬最為搞笑的表演之一。

> 行者道：「不消講，兄弟們一家一個。」他三人將三個果各各受用。那八戒食腸大，口又大，一則是聽見童子吃時，便覺饞蟲拱動，卻才見了果子，拿過來，張開口，轂轆的囫圇吞咽下肚，卻白著眼胡賴，向行者、沙僧道：「你兩個吃的是甚麼？」沙僧道：「人參果。」八戒道：「甚麼味道？」行者道：「悟淨，不要睬他！你倒先吃了，又來問誰？」八戒道：「哥哥，吃的忙了些，不像你們細嚼細咽，嘗出些滋味。我也不知有核無核，就吞下去了。哥啊，為人為徹；已經調動我這饞蟲，再去弄個兒來，老豬細細的吃吃。」（《西遊記》第二十四回）

兩相比較，《發財秘訣》毫無疑問模仿的是《西遊記》，而且還不如《西遊記》

的描寫生動活潑。於是，很容易讓人產生模仿之作必定不如原著的結論。一般情況下，這種結論往往是正確的。但有時候，學習前人而又有所變化的作家，往往會百尺竿頭更進一步，將故事推向新的境地。例如這本《發財秘訣》，前面的描寫確乎遠遠不及《西遊記》精彩，但當你讀到作者「下回分解」的時候，一定會另眼相看了。他居然緊接著再次描寫花雪畦吃魚翅，並且寫出了翻新的花樣。

> 卻說花雪畦被魚翅燙痛了唇舌，連忙吐了出來，引得眾人一笑。雪畦把魚翅吐在湯匙裏，吹了一會，再放在嘴裏，不及咀嚼便咽了下去。回頭一想，還不知是什麼味道。蔡以善問道：「這魚翅還好麼？不知較廣東的怎樣？」雪畦道：「好，好！這裡的比廣東的好。」舒雲旃訝道：「閣下初從廣東來，也說這句話，奇了！」蔡以善道：「在家鄉沒有吃著好的，自然上海的好了。」雪畦聽說，臉上一紅，答話不出。（《發財秘訣》第八回）

這段描寫的前一半，仍然是在《西遊記》軌跡上運行，而且比該書上一回描寫的花雪畦之表現更貼近豬八戒。但是，這一段的後半，作者筆鋒一轉，似乎由諷刺單純的好吃之徒轉而調侃那些未見過世面而又要忸怩作態的比豬八戒更為「豬八戒」的醜類。因為豬八戒雖然吃人參果急了一點，但他還是見過世面的，而且，老豬也從不豬鼻子插大蔥——裝象。說起來，這人參果還是他攛掇孫猴子去偷的，因此，他是知道人參果的價值的。況且，豬八戒後來又老老實實央求師兄再去給他偷一枚人參果，讓他喂飽「饞蟲兒」。你看，老老豬是多麼忠厚老實得可愛。而這位新新豬八戒的花先生，明明沒有吃過魚翅，而且對著同一箸魚翅兩次出了洋相，一次是快速吐出洋相，一次是快速吞下洋相，而他卻還要煞有介事地回答別人：「好，好！這裡的比廣東的好。」這樣就顯得一點都不可愛，反而有些令人討厭了。

同樣是好吃，一個囫圇吞棗般地吞了人參果，一個對一箸魚翅吞而吐之、吐而吞之，豬八戒的形象卻令人感到可笑而可愛，花雪畦的表演卻使人覺得可笑而可惡，兩部書的描寫真正是各盡其妙。

一個好吃的小片段，卻能寫得如此精彩，如此耐人尋味。真真難為兩位姓吳的作者了，如果《西遊記》的作者真是吳承恩的話。

小說家之筆，解剖刀也。

馴養畜生殺人的「畜生」

弱肉強食，是所謂叢林法則，不過，那是屬於動物界的。人也是動物，因此，人類社會也有弱肉強食，不過美其名曰生存競爭而已。然而，人類在弱肉強食的時候，多多少少要戴上一層、兩層或若干層法律的、道德的、倫理的、人情的、宗教的、宗法的等各方面的溫情脈脈的面紗或道貌岸然的面具。但聰明的弱者早就看穿了這一套，因此才有諸如「人面獸心」「蛇蠍心腸」「殺人不見血」「吃人不吐骨頭」之類形象化的說明和描寫。

最可怕的是，有一種人連這些面紗和面具都不要了，居然馴養畜生殺人，唆使較為惡劣的動物代表強勢「人」的意志去殺弱勢的人。這種狀況，在中國古代小說中屢屢出現。如《東周列國志》中的晉靈公和屠岸賈就用這種方法對付趙盾：

> 岸賈呼獒奴縱靈獒，令逐紫袍者。獒疾走如飛，追及盾於宮門之內。彌明力舉千鈞，雙手搏獒，折其頸，獒死。靈公怒甚，出壁中伏甲以攻盾，彌明以身蔽盾，教盾急走。(《東周列國志》第五十回)

此事並非馮夢龍向壁虛構，在史書中早有記載：「秋九月，晉侯飲趙盾酒，伏甲將攻之。其右提彌明知之，趨登曰：『臣侍君宴，過三爵，非禮也。』遂扶以下，公嗾夫獒焉。明搏而殺之。」(《春秋左傳．宣公二年》)「趙盾知之，躇階而走。靈公有周狗，謂之獒，呼獒而屬之，獒亦躇階而從之。祁彌明逆而唆之，絕其頷。」(《春秋公羊傳．宣公元年至十八年》)

馮夢龍最大的貢獻是根據《春秋左傳》和《春秋公羊傳》的記載，更為詳細地展開了對這隻「獒」的描寫：

> 又有周人所進猛犬，名曰靈獒，身高三尺，色如紅炭，能解人意。左右有過，靈公即呼獒使噬之。獒起立齧其顙，不死不已。有一奴，專飼此犬，每日啖以羊肉數斤，犬亦聽其指使。其人名獒奴，使食中大夫之俸。靈公廢了外朝，命諸大夫皆朝於內寢。每視朝或出遊，則獒奴以細鏈牽犬，侍於左右，見者無不悚然。其時列國離心，萬民嗟怨，趙盾等屢屢進諫，勸靈公禮賢遠佞，勤政親民，靈公如填充耳，全然不聽，反有疑忌之意。(《東周列國志》第五十回)

相對於晉靈公和屠岸賈而言，趙盾無疑是正義、善良、弱小的一方。現在，不義的、兇惡的、強悍的一方在疑忌之餘居然痛下殺手，用這種非人的手段對付弱者，可見晉靈公、屠岸賈已經動物化了、妖魔化了、野獸化了。因為他們喪失了人性，甚至連人性的偽善的一面都喪失殆盡。因為人性中邪惡為本、偽善為表的一面在弱肉強食時還要偽裝、還要以「人」的面目出現，而晉靈公君臣，則直截了當地以赤裸裸的野獸的一面出現。晉靈公，何止「不君」？他簡直「非人」！

然而，晉靈公畢竟是男人，而且是「昏君」級別的最污濁的男人，他做出這種非人之事，在封建時代尚屬正常現象。更令人難以接受的是，中國古代小說中居然有一位貌若天仙的女子，卻心如蛇蠍，竟然也用這非人的「馴養畜生殺人」的方式去對付一個來到世界僅僅數月的幼小生命。這個女人就是潘金蓮，《金瓶梅》中的潘金蓮。且看她的罪惡行徑：

> 卻說潘金蓮房中養的一隻白獅子貓兒，渾身純白，只額兒上帶龜背一道黑，名喚「雪裏送炭」，又名「雪獅子」。又善會口啣汗巾子，拾扇兒。西門慶不在房中，婦人晚夕常抱他在被窩裏睡，又不撒尿屎在衣服上，呼之即至，揮之即去。婦人常喚他是「雪賊」。每日不吃牛肝乾魚，只吃生肉，調養的十分肥壯。毛內可藏一雞彈。甚是愛惜他，終日在房裏用紅絹裹肉，令貓撲而撾食。這日也是合當有事，官哥兒心中不自在，連日吃劉婆子藥，略覺好些。李瓶兒與他穿上紅段衫兒，安頓在外間炕上頑耍，迎春守著，奶子便在旁吃飯。不料這雪獅子，正蹲在護炕上，看見官哥兒在炕上，穿著紅衫兒一動動的頑耍，只當平日哄喂他肉食一般，猛然望下一跳，將官哥兒身上皆抓破了。只聽那官哥兒呱的一聲，倒咽了一口氣，就

不言語了，手腳俱風搐起來。(《金瓶梅》第五十九回)

潘金蓮為什麼要用如此歹毒的方式對付一個不知事的嬰兒呢？原來是爭風吃醋，是對權力與地位的攫取欲。對此，作者接下去有明確的交代：「看官聽說：潘金蓮見李瓶兒有了官哥兒，西門慶百依百隨，要一奉十，故行此陰謀之事，馴養此貓，必欲諕死其子，使李瓶兒寵衰，教西門慶復親於己，就如昔日屠岸賈養神獒害趙盾丞相一般。」這裡，蘭陵笑笑生提到潘金蓮的做法是學習屠岸賈，但我們絕不能理解為蘭陵笑笑生學習的是馮夢龍，因為笑笑生比龍子猶要大好幾十歲，《金瓶梅》也產生於《東周列國志》之先，即便是馮夢龍寫《新列國志》所根據的余邵魚《列國志傳》也比《金瓶梅》的出現晚了若干歲月，儘管該書也有「靈公逐惡犬而噬盾」的話頭。同時，《金瓶梅》中的這段描寫也不是直接來自《春秋左傳》和《春秋公羊傳》這樣的歷史書籍。那麼，蘭陵笑笑生究竟學的誰呢？筆者認為是元人紀君祥的雜劇《趙氏孤兒》。請看該劇開篇處屠岸賈的自白：

> 西戎國進貢一犬，呼曰神獒，靈公賜與某家。自從得了那個神獒，便有了害趙盾之計。將神獒鎖在淨房中，三五日不與飲食。於後花園中紮下一個草人，紫袍玉帶，象簡烏靴，與趙盾一般打扮，草人腹中懸一付羊心肺，某牽出神獒來，將趙盾紫袍剖開，著神獒飽餐一頓，依舊鎖入淨房中。又餓了三五日，復行牽出那神獒，撲著便咬，剖開紫袍，將羊心肺又飽餐一頓。如此試驗百日，度其可用。某因入見靈公，只說今時不忠不孝之人，甚有欺君之意。靈公一聞其言，不勝大惱，便向某索問其人。某言西戎國進來的神獒，性最靈異，他便認的。靈公大喜，說當初堯舜之時，有獬豸能觸邪人，誰想我晉國有此神獒，今在何處？某牽上那神獒去。其時趙盾紫袍玉帶，正立在靈公坐榻之邊。神獒見了，撲著他便咬。靈公言：「屠岸賈，你放了神獒，兀的不是讒臣也！」某放了神獒，趕著趙盾繞殿而走。爭奈傍邊惱了一人，乃是殿前太尉提彌明，一瓜錘打倒神獒，一手揪住腦杓皮，一手扳住下嗑子，只一劈將那神獒分為兩半。(《趙氏孤兒》楔子)

你看，潘金蓮和屠岸賈二者之間的準備活動如出一轍，而內心的狠毒也幾無二致，手段和目的同樣卑鄙。

事不過三，中國小說史上居然還有第三個令人瞠目結舌的「馴養畜生殺人」的例子，出現在比《金瓶梅》稍稍晚一點的《大唐秦王詞話》之中，而那害人的和被害的卻是嫡親的三兄弟：英王李建成、齊王李元吉和秦王李世民，他們都是唐高祖李淵的兒子。

> 話說英、齊二王，一日朝散，同至東府殿上坐下。齊王說：「大哥，自從秦王征中山府回來，他麾下官將比前越發放肆無憚，皆是秦王怙寵使然。我們如今定一計策，先了當秦王，教那干人施展不成。當初秦王曾送狻猊馬與大哥，如今不要把那馬養在別處，養在後花園中，餓上他幾日。一面紮縛下一個草人，似秦王一般長大，三山帽，淡紅袍，像秦王打扮，裝上一肚草料，放在百花亭下。你我站在兩邊，使一人指引到草人跟前，那馬又饑又渴，聞得料香，一口拉下，吃一個大飽。第二次又照前準備。把馬演熟之時，你我卻置酒請秦王洗塵，停會請他進來看花園，卻把馬牽將進來，那時節馬只道是前草料，咬死秦王，罪不在你我之事。你我二人，豈不安如磐石？」建成說：「三弟，此計大妙。」計議已定，齊王起身，辭別了英王回府去。建成吩咐家僮，依著齊王設計，不過三五次，那馬也不要人指引，聞得料香，看著穿紅袍的一口拉下去便咬。英、齊二王看馬演得極熟，有不勝之喜。（《大唐秦王詞話》第五十三回）

你看，英王和齊王「馴養畜生殺人」的準備工作與《趙氏孤兒》中的屠岸賈和《金瓶梅》中的潘金蓮鼎足而三。由此亦可見得明代這兩本「詞話」的故事多半來自於民間傳說意味極濃的元雜劇舞臺，這種現象往往被研究者所忽視。

回到三位皇子的故事。李世民的哥哥李建成、弟弟李元吉最終害死他沒有呢？當然沒有，否則，到哪兒去找名垂青史的貞觀之治呀？而兩位人面獸心的皇子之所以陰謀破產，乃在於秦王身邊有一個忠勇的武士尉遲恭。且看這位胡敬德的精彩表現：

> 三位皇子正在百花亭賞心樂事，那馬餓得慌，聽見人言，嘶上一聲。秦王問：「怎麼這裡有馬嘶？」建成說：「像二弟送的狻猊馬，不敢放在馬廄，素所珍愛，養在此間。」秦王問：「比前好看些麼？」建成說：「比前不同。」秦王說：「帶過來，我看一看。」英王吩咐：「帶馬進來。」官校把馬放到亭前。那馬光睜雙眼，只看著穿紅袍的，四蹄雙舉，跑近前來，把秦王淡紅袍一口拉住，直扯下百花亭

去。嚇得秦王掙躲不及；當被尉遲恭手起一鞭，把馬打死在地，連忙扶起秦王。(《大唐秦王詞話》第五十三回)

瞭解以上三個「馴養畜生殺人」的故事後，細心的可能會看出問題。三個故事之間的相同點不言而喻，況且上面筆者已經「言」了。關鍵在於三者之間的差別：

首先，就以強凌弱這一點而言，《大唐秦王詞話》與其他二書不同。身為東宮太子的李建成感覺受到李世民蒸蒸日上的軍功和手下如狼似虎的將領們的威脅，因此才在三弟的蠱惑之下陷害二弟。嚴格而言，這算不上以強凌弱。並且，他們兄弟間的爭權奪利究竟誰是誰非，也不可能有一個標準答案。對「玄武門之變」的評價，不過是因為李世民一方取得了最後勝利而形成一邊倒的結論，這其實正是中國歷史上「勝者王侯敗者寇」口號的一次實踐。小說作家的歷史觀照，大多是根據歷史學家的歷史觀照為準則的。

其次，就殘暴施予者和柔善接受者而言，《金瓶梅》與其他二書不同。相對於成年男子尤其是帝王將相之間血淋淋的政治鬥爭而言，美女潘金蓮「馴養畜生殺人」的行為尤其令人不可思議，而官哥兒較之趙盾和李世民而言也更為無辜。因為趙盾和李世民對於施暴者都有過不同程度、不同角度的主觀能動的干礙，而官哥兒對潘金蓮的干礙則完全是不自覺的客觀效果。進而言之，潘金蓮即便對李瓶兒有千種仇恨、萬般怨毒，也只能對著真正的敵人自身痛下殺手呀？李建成和屠岸賈不都是這樣幹的嗎？現在，潘金蓮卻遷怒於一個世事不知的無辜嬰兒，因此，較之那些廟堂上的帝王將相，這內帷美女蛇更為陰毒。

再次，就描寫的生動性而言，《東周列國志》遠不及其他二書。尤其是晉靈公得到靈獒之後的培訓，雖然也具有「馴養畜生殺人」的意味，但卻帶有一種公共性的特點，並沒有針對「紫袍者」趙盾的特定性，這就使得後來朝堂之上屠岸賈「呼獒奴縱靈獒，令逐紫袍者」的行為太過突兀，沒有隱蔽性。而將「陰謀」寫成「陽謀」，毫無疑問是藝術上的失敗。這一點，《東周列國志》反而不如它的故事來源《趙氏孤兒》雜劇的描寫那麼生動、曲折，具有可讀性。

以上三個故事中的「馴養畜生殺人」的發起者毫無疑問都已經失去了做人的資格，他們本身也就成為了「畜生」。然而，三個相同類型的故事卻被各自的作者寫得各有千秋，又應該是中國俗文學史上的佳話。

妓院遭劫

中國古代小說經常寫到妓院，那是因為在那樣一個時代，妓院就好比茶肆酒樓一樣，是不少人經常光顧的地方。但這所謂「不少人」，則主要指的是兩大類，一是嫖客，二是嫖客的附庸幫閒篾片。

根據小說中的描寫，妓院生活一般是風光旖旎的，或者是燈紅酒綠、紙醉金迷，但有的時候，妓院中也會出現常規樂曲之外的變奏曲，來一點雞鳴狗盜，乃至劍拔弩張的全武行的表演，這也就是本篇標題所謂「妓院遭劫」。

《金瓶梅》是明代小說中涉筆妓院較多的作品，其中，至少有兩次妓院遭劫的描寫。第一次，是廣義的妓院遭劫，實際上也就是妓女被那些裝模作樣的強盜文明打劫。此事本是從一群幫閒篾片「宴請」妓女李桂姐及其孤老西門慶開始的。

> 應伯爵道：「可見的俺每只是白嚼你家孤老，就還不起個東道？」於是向頭上拔下一根鬧銀耳斡兒來，重一錢；謝希大一對鍍金網巾圈，秤一秤，重九分半；祝實念袖中掏出一方舊汗巾兒，算二百文長錢；孫寡嘴腰間解下一條白布裙，當兩壺半酒；常峙節無以為敬，問西門慶借了一錢銀子。都遞與桂卿，置辦東道，請西門慶和桂姐。(《金瓶梅》第十二回)

這一幫幫閒篾片，天天吃西門慶、喝西門慶、用西門慶、拿西門慶，厚顏無恥的行為甚至遭到妓女的嘲笑。於是，為了面子問題，在篾片領袖應伯爵的一聲「就還不起個東道」的豪壯的呼喊之下，紛紛「出汗放血」，開始了湊份子還東道的大聯盟行動。但是，看到他們的「份子」擺到妓院中的桌上的時候，讀者不禁啞然失笑了。然而，且不要笑得太早，更好笑的還在後面。他們的這點兒「份子」其實是他們的全部家當，既然出了這麼大的「份額」，總不能血本無歸吧。於是，他們在大吃大嚼將桌子上的食物一掃而光之後，就開始了帶有魔術家風格的形形色色的「順手牽羊」表演：

> 臨出門來，孫寡嘴把李家明間內供養的鍍金銅佛，塞在褲腰裏。應伯爵推倒桂姐親嘴，把頭上金琢針兒戲了。謝希大把西門慶川扇兒藏了。祝實念走到桂卿房裏照面，溜了他一面水銀鏡子。常峙節借的西門慶一錢銀子，竟是寫在嫖賬上了。（《金瓶梅》第十二回）

本來，在這幫篾片幫閒請客的時候，他們的「貢獻」是根本不夠一桌酒席的。妓院裏倒貼了油鹽柴火、小菜作料，還宰了一隻雞，實際上是妓院倒大楣了。但那幫篾片們人心不足蛇吞象，臨出門之前還要撈上一把，甚至於要超出他們「出資」的若干倍。如此一來，妓院可就遭劫了。

然而，這種遭劫，還僅僅只能算作「文」遭劫，這一夥強盜基本上還是「文質彬彬」的，只不過是在悄無聲息的狀態下拿點東西而已。因為他們畢竟只是幫閒，而不是正主兒，如果正兒八經的主子——嫖客，尤其是買了月票、年票的嫖客發起狠來、發起橫來，妓院可是吃不了兜著走，那才是真正遭劫哩！且看：

> 正飲酒時，不妨西門慶往後邊更衣去。也是合當有事，忽聽東耳房有人笑聲。西門慶更畢衣，走至窗下，偷眼觀覷。正見李桂姐在房內，陪著一個戴方巾的蠻子飲酒。由不的心頭火起，走到前邊，一手把吃酒桌子掀翻，碟兒盞兒打的粉碎。喝令跟馬的平安、玳安、畫童、琴童四個小廝上來，把李家門窗戶壁床帳都打碎了。應伯爵、謝希大、祝實念向前拉勸不住。西門慶口口聲聲只要採出蠻囚來，和粉頭一條繩子墩鎖在門房內。那丁二官又是個小膽之人，見外邊嚷鬥起來，慌的藏在裏間床底下，只叫桂姐救命。桂姐道：「呸，好不好還有媽哩！這是俺院中人家常有的，不妨事。隨他發作叫嚷，你只休要出來。」老虔婆見西門慶打的不相模樣，還要架橋兒說謊，上前分辨。西門慶那裡還聽他！只是氣狠狠呼喝小廝亂打，險些不曾把李老媽打起來。多虧了應伯爵、謝希大、祝實念三人死勸，活喇喇拉開了手。西門慶大鬧了一場，賭誓再不踏他門來。大雪裏上馬回家。（《金瓶梅》第二十回）

因為西門慶最寵愛的妓女李桂姐竟然接待了別的客人，西門大官人可不幹了，於是帶領幫閒篾片、指揮手下小廝在妓院中大打出手。幸虧幾位幫閒在中間作好作歹，才終於使得西門慶帶氣離開妓院，並發誓永不回來。其實，旋即西門大官人就吃回頭草了。但是，回來歸回來，鬧歸鬧，這都是妓院中常有的事。李桂姐不是說得很清楚嗎？「這是俺院中人家常有的，不妨事。」不知道這句話的含義究竟是什麼？是自豪？是安慰？是無奈？是歎息？或許都有一點兒。那麼，這樣的事是否真的是妓院中常有的呢？或者換句話說，妓院是否經常遭到這種劫難呢？答案是肯定的。為了說明問題，我們不妨再看幾百年後發生在大上海的一次妓院遭劫的場景。

> 但見鄭志和掇著一面洋鏡對準壁間的大著衣鏡上一摔，咯當震響，那著衣鏡碎做不知幾片，一片片墜下地來，洋鏡自然碎得個不像樣兒不必說了。康伯度手裏頭拿著一根鴉片煙槍，在那裡敲打煙盤裏不甚值錢的東西，附著眾人助興。少牧把壁間掛的字畫單條扯做粉碎。冶之提起一隻紅木單靠盡力向玻璃櫥上擲去，震天價一聲奇響，兩扇玻璃櫥門頃刻變成四扇，那單靠上的紅木靠背也已斷了。鄧子通擲碎了妝臺上一對臺花、一隻自鳴鐘。溫生甫卻嚇得縮做一堆，在那裡勸子通不要再打。經營之站在一旁，看他們打到怎樣才罷，並沒動手。大拉斯手裏頭也拿著一枝鴉片煙槍，當做軍器一般，臺上邊只要看見沒有打掉的對象，他就把煙槍亂掠。姚景桓扯碎了一幅湖色西紗帳門，又把床上的一個外國枕頭取來，對準梁上邊掛的保險洋燈要想擲去，幸虧營之眼快，大喊:「保險燈打它不得，打碎了要鬧出事來！」急忙夾手搶住。（《海上繁華夢二集》第四回）

這樣一次嫖客砸妓院的行動，可比西門慶那次猛烈多了，規模也宏大多了。因為西門慶生活的畢竟是清河衛小小開發區，而這裡的故事卻發生在中國最早的第一特大開發區上海；又因為西門慶所處的僅僅是商品經濟剛剛開始牛刀小試的明代後期，而這裡的故事卻是殖民經濟都萬分成熟的清代末年。那規模、那氣勢，就連砸個妓院也遠遠超過從前的所有地區和所有時代。

這才叫引領潮流啊！

這才是社會發展嗎？

但，無論如何，小說史卻是在進步著。

酒色財氣等「圈兒」你是否能跳出？

最遲在宋代，人們就將酒色財氣並舉，代指人世間頓不開、解不脫的四大欲望了。宋末文人周密的著作中多次涉及酒色財氣並舉的提法，如他從民間搜集而來的宋江三十六人畫像的讚語中，對行者武松的讚語即為：「汝優婆塞，五戒在身。酒色財氣，更要殺人。」（《癸辛雜識續集‧宋江三十六贊》）可見，酒色財氣加上殺戮，是佛門最大的「五戒」。而在另外一個地方，周密卻記載了一段「優語」，來對酒色財氣、尤其是貪財者進行嘲諷：

> 有袁三者，名尤著。有從官姓袁者，制蜀，頗乏廉聲。群優四人分主酒、色、財、氣各誇張其好尚之樂，而餘者互譏誚之。至袁優則曰：「吾所好者，財也。」因極言財之美利，眾亦譏誚之不已。徐以手自指曰：「任你譏笑，其如袁丈好此何？」（《齊東野語》卷十三「優語」）

這位名優真夠大膽的，居然在大庭廣眾之下諷刺地方大員財迷心竅、貪得無厭的本性。當然，這則資料中記載的「優語」對於酒色財氣是進行了全面的嘲諷和批判的。這種優伶對於過分追求酒色財氣者的調笑之風到了元雜劇舞臺上，卻變成對酒色財氣所代表的人間欲望的全面警悟。元代「神仙道化」劇中有一類專寫「度脫」，而神仙們要度脫有仙根的凡人，勢必讓他們先去領略一番紅塵世界的酒色財氣的腐蝕、侵擾，然後在神仙或當頭棒喝、或纏綿不斷的努力工作之下，這些凡夫俗子才從酒色財氣的圈兒裏鑽出，來到或回到神仙境界。

在這些「度脫」劇本的創作過程中，「萬花叢中馬神仙」的馬致遠最為賣力。在他現存的四個神仙道化劇中，居然有三個寫到了「度脫」凡人跳出酒色財氣的束縛。且看：

> （正末云）馬兒，你看波。（唱）這壁銀河織女機，那壁洞中玉女扉，怎發付你那酒色財氣。則你那送行人何曾道展眼舒眉，你是個紅塵道上千年柳，你覷波白玉堂前一樹梅。（《呂洞賓三醉岳陽樓》第三折）

> （丹陽云）任屠，你堅心要出家麼？（正末云）情願與師父做個徒弟。（丹陽云）任屠，你既要出家，拋棄了你那妻子，方可出家。（正末云）你徒弟既要出家，量他打甚麼不緊，徒弟都捨了也。（丹陽云）你真個要出家，我與你十戒：一戒酒色財氣，二戒人我是非，三戒因緣好惡，四戒憂愁思慮，五戒口慈心毒，六戒吞腥啖肉，七戒常懷不足，八戒克己厚人，九戒馬劣猿顛，十戒怕死貪生。此十戒是萬罪之緣，萬惡之種。既要學道，必當戒之。（《馬丹陽三度任風子》第二折）

> （東華帝君領群仙上云）呂岩，你省悟了麼？（洞賓云）弟子省了也。（東華云）你既省悟了，一夢中十八年，見了酒色財氣，人我是非，貪嗔癡愛，風霜雨雪。前世面見分明，今日同歸大道，位列仙班，賜號純陽子。（《邯鄲道省悟黃粱夢》第四折）

以上材料，除了共同涉及酒色財氣以外，第二條比較特殊，提出了「十戒是萬罪之緣，萬惡之種」。而這「十戒」，仍然是以酒色財氣為中心的。除首先推出酒色財氣作為第一戒而外，其他幾戒，也有不少與酒色財氣相關。「吞腥啖肉」難道與飲酒無涉？「人我是非」難道與鬥氣無關？而且，這種寫法，也開啟了明代小說中「度脫」題材的「七試」「十試」之先河。

馬神仙而外，其他作家也不甘示弱，各有自己的度脫酒色財氣之作。例如：

> （布袋云）劉均佐你聽者：你非凡人，乃是上界第十三尊羅漢賓頭盧尊者，你渾家也非凡人，他是驪山老母一化。你一雙男女，一個是金童，一個是玉女。為你一念思凡，墮於人世，見那酒色財氣，人我是非，今日個功成行滿，返本朝元，歸於佛道，永為羅漢。（鄭廷玉《布袋和尚忍字記》第四折）

> （呂洞賓云）您眾人聽者：這的是李屠的屍首，岳壽的魂靈，我著他借屍還魂來。（詞云）貧道再降臨凡世，度你個掌刑名主文司

吏。因為有道骨仙風，誤墮入酒色財氣。懼怕那韓魏公命染黃泉，就陰府化為徒弟。李屠家借屍還魂，終不脫腥膻臭穢。鍛鍊就地水火風，合養定元陽真氣。跟貧道證果朝元，拜三清同朝玉帝。（岳伯川《呂洞賓度鐵拐李嶽》第四折）

（王母云）蟠桃宴罷。老柳，你既成仙，可隨洞賓去，小桃只在小聖左右。眾仙聽我剖斷他兩個咱。（詞云）柳共桃今番度脫，再不逞妖嬈嫋娜，說與你金縷千條，道與你紅雲一朵。你休去灞岸拖煙，你休去玄都噴火。柳絲把意馬牢拴，桃樹把心猿緊鎖。你做了酒色財氣，你辭了是非人我。今日個老柳惹上仙風，和小桃都成正果。（谷子敬《呂洞賓三度城南柳》第四折）

這三篇作品都與上述馬致遠《邯鄲道省悟黃粱夢》有一個相同點，在全劇結束時分別由東華帝君、布袋和尚、呂洞賓、王母這些「權威人士」點明度脫主旨。而這些權威人士的說法無非一個腔調：經歷了酒色財氣，認識了人我是非，然後正果朝元，同歸仙班云云。

還有一種情況，那就是變形的度脫劇：積善成德，報應因果。這樣的接近佛門的覺悟者，同樣也是要棄卻紅塵，摒除酒色財氣的。如下面這篇作品所寫：

（卜兒云）居士，你將這家私棄捨了呵，也思量著久後孩兒每怎生過遣那？（正末唱）【煞尾】我去那酒色財氣行取一紙兒重招，我去那生老病死行告一紙兒赦書。豈不聞道兒孫自有兒孫福？我其實便作不的這業，當不的這家，受不的這苦。（佚名《龐居士誤放來生債》第二折）

元劇作家這種對酒色財氣的罪惡的如火如荼的演繹，自然會影響到此後的文學創作，尤其是與戲曲生長在同一根青藤上的兄弟藝術——通俗小說，因為二者的審美意趣、社會功用都是差不多的。目前所知，在章回小說中第一個將酒色財氣相提並論的是蘭陵笑笑生。《金瓶梅》開篇處就借呂洞賓（一個傳說中的經常被度脫或度脫人的角色）的詩句提出了「酒色財氣」四大「圈子」的概念，並作為一部洋洋灑灑百回小說的主旨。值得注意的是，在酒色財氣四者之中，作者對其危害性的認識卻是有側重點的。

單道世上人，營營逐逐，急急巴巴，跳不出七情六欲關頭，打不破酒色財氣圈子，到頭來同歸於盡，著甚要緊。雖是如此說，只這酒色財氣四件中，惟有「財色」二者更為利害，怎見得他的利害？假如一個人到了那窮苦的田地，受盡無限淒涼，耐盡無端懊惱，晚來摸一摸米甕，苦無隔宿之炊，早起看一看廚前，愧沒半星煙火，妻子飢寒，一身凍餒，就是那粥飯尚且艱難，那討餘錢沽酒？更有一種可恨處，親朋白眼，面目寒酸，便是凌雲志氣，分外消磨，怎能勾與人爭氣！（《金瓶梅》第一回）

在蘭陵笑笑生看來，酒色財氣四樣之中，「財色」二者更為利害。因此，在他作品中的主人公西門慶身上，最大的特點就是貪財好色。這種觀點，被後世小說家普遍接受並予以發揮。如《升仙傳》一書，寫苗慶封、韓慶雲二仙欲度脫凡夫俗子蘇九宮，首先就用酒色財氣四個圈子來試探之。且看最後「色」圈子試探的結果：

九宮自己坐了會子，忽見有個丫鬟領著一位佳人走進房來。九宮一見，連忙倒退，說：「梅香大姐，此位是什麼人呢？」梅香說：「這是我家主母，趁爺不在家中，特意出來敬酒。」言罷往外一溜，將門反扣。那佳人過去，輕啟朱唇說：「我丈夫今晚必不回家，待我奉陪一杯，有何妨礙。」言罷，端酒就往前遞。九宮頭也不抬，直往後退。還未及開口，忽然撞見一塊石頭，一腳絆倒，及至起來一看，原是一塊空地。正在發呆之際，苗、韓二仙拱手言道：「居士在此莫非有心事麼？」九宮說：「二位不知，青天白日在此見鬼，所以發呆。」苗、韓二位拍手大笑說：「京城之中那有鬼怪？想必你有善根，是仙人度脫與你，你今日的聞見我卻知道。」遂把求畫的、討飯的和方才的所見說了一遍。九宮心中暗想，這事奇怪，今日的事情二人如何知的這等清白？正在煩想之際，苗仙說：「居士不必心疑，這分明是你有善根，用酒色財氣試你，你若能以跳出圈外，就可以去作仙了。」九宮聽罷，猛然醒悟說：「我看二位大有來歷，就求度脫度脫我吧。」言罷，雙膝跪倒再不起來。（《升仙傳》第四十三回）

與《金瓶梅》和《升仙傳》相同的特別強調酒色財氣中某一項的描寫片斷，在明清一些小說中經常出現。例如：

國舅命人取來制錢一文。錢孔中橫穿二線，成十字形。高擎手中，吹口氣，念念有詞：喝聲大，大！那錢便逐漸放大起來。一霎時，大約有小銅鑼那麼樣兒。國舅又閉目念咒，咒到一隻大老鼠。國舅將他捉來，放在錢眼中間，喝聲疾！那老鼠便在錢眼中，憑著十字線，大翻其跟斗，忽上忽下，忽東忽西，盡翻個不了。惹得大小男女人等啥啥大笑起來。曹二鼓鼓掌大聲讚揚:「兄長好本領，好興致！一隻老鼠，居然也能玩出把戲來，卻不知兄長什麼時候，訓練起來的。但翻來翻去，盡是一個跟斗，而且跟斗總翻在錢眼裏，又不會跑出圈子外面去，似乎還不甚有趣。」國舅一聽這話，慌忙說道:「怎麼，兄弟的意思覺得銅錢眼裏翻跟斗，還不甚有趣麼？」曹二道:「正是這話，要能翻出圈子外面去。本領才更大了。」國舅又大聲道:「哦！兄弟的意思是望他跳出這銅錢眼兒去麼？咳！兄弟啊！這老鼠就只這點點蠢本領，似這般翻來翻去，總不過翻在錢眼之中。愚兄也想他翻到圈子外面去，可是教他多少次數，總是不得明白。看這情形，大有千翻萬翻，翻來翻去，翻得頭暈眼花神智不清，直要翻到四腳筆直，才會翻出圈子去呢！可是身已死了，還有什麼用處，徒然惹得人家永遠的譏笑唾罵罷了。這等才叫做老鼠的見解。老鼠的本領究竟是不值一笑的啊！」(《八仙得道》第九十七回)

世間最壞事，是酒色財氣四種。酒，人笑是酒徒；財，人道是貪夫；只有色與氣，人道是風流節俠，不知個中都有禍機。就如叔寶一時之憤，難道不說是英雄義氣？若想到打死得一個宇文惠及，卻害了碗兒一家；更使殺不出都城，不又害了己身？假使身死異鄉，妻母何所依託？這氣爭它做甚麼？至於女色，一時興起，不顧名分，中間惹出禍來，雖免得一時喪身失位，弄到騎虎之勢，把悖逆之事都做了，遺臭千年，也終不免國破身亡之禍，也只是一著之錯。(《隋唐演義》第十九回)

此時賈璉並不記得他二人已死，便問鳳姐:「這孩子到底是誰養的？」鳳姐歎了口氣說道:「老太太告訴我的，說你我的行為斷不能有後。皆因平兒素日為人恤老憐貧，處處積陰功、存口德，到後來還要受誥封呢。所以我來勸你從今以後，把那酒色財氣都檢點檢點。酒是最能亂性，喝高了興，竟會把禮義綱常撇之腦後。色之一字，更是要緊。只圖一時之樂，壞了他人的名節，壞了自己的行止。

還有那嘴角兒上的陰騭，更是要緊，斷不可談論人家閨閣曖昧。見人陞官，就起嫉心；見人有錢，就生妒心，不可不慎。」（《紅樓夢影》第九回）

以上幾則，第一則是以錢眼這個圈子為例，進一步擴大到人生受束縛的大圈子；第二則重點在氣與色，捎帶提及酒與財；第三則寫最核心的是色，而酒與財作為陪襯。但在更多的時候，小說作家們還是酒色財氣四大圈兒相提並論的。

如擬話本小說《照世杯·七松園弄假成真》，就生動地描寫了風流才子阮江蘭經受酒色財氣而狼狽不堪的青春四部曲：「蠢佳人羞辱生潘岳」，「白丁吃醋假傳書」，「狼虔婆白眼看人」，「門斗慷他人之慨」。他一走山陰，遇美色以酒敗；二走揚州，遇公子以色敗；滯留妓院，遇老鴇以財敗；歸至家中，遇少伯以氣敗。再如：

李生起而觀之，乃是一首詞，名《西江月》，是說酒、色、財、氣四件的短處：「酒是燒身焇焰，色為割肉鋼刀，財多招忌損人苗，氣是無煙火藥。四件將來合就，相當不欠分毫。勸君莫戀最為高，才是修身正道。」……李生心中開悟，知是酒、色、財、氣四者之精，全不畏懼，便道：「四位賢姐，各請通名。」四女各言詩一句，穿黃的道：「杜康造下萬家春。」穿紅的道：「一面紅妝愛殺人。」穿白的道：「生死窮通都屬我。」穿黑的道：「氤氳世界滿乾坤。」原來那黃衣女是酒，紅衣女是色，白衣女是財，黑衣女是氣。（《警世通言·蘇知縣羅衫再合》）

這事最可憐的是一個真氏，以疑得死；次之屠有名，醉中殺身。其餘妙智，雖死非罪，然陰足償屠有名；徐行父子，陰足償妙智、法明；法明死刑，圓靜死縊，亦可為不守戒律，奸人婦女果報。田禽淫人遺臭，詐人得罪，亦可為貪狡之警。總之，酒、色、財、氣四字，致死致禍，特即拈出，以資世人警省。（《型世言》第二十九回）

除了以上這種對酒色財氣迷惑人的故事的敘述描寫以外，有的小說作家乾脆夾敘夾議，或者借書中人物之口議論，或者著書人直接跳出來大發議論：

匠山道：「天下的事，剝復否泰，那裡預定得來？我們前四年不知今日的光景，猶之今日不能預知後四年的光景也。總之，酒色財氣四字，看得破的多，跳得過的少。赫致甫四件俱全，屈巡撫不過得了偏氣，岱雲父子汲汲於財色，姚兄弟從前也未免好勇尚氣，我也未免倚酒糊塗。惟吉士嗜酒而不亂，好色而不淫，多財無不聚，說他不使氣，卻又能馳騁於干戈荊棘之中，真是少年僅見，不是學問過人，不過天姿醇厚耳。若再充以學問，庶乎可幾古人！」(《蜃樓志》第二十四回)

李生撫髀長歎：「我因關心太切，遂形於夢寐之間。據適間夢中所言，四者皆為有過，我為何又作這一首詞讚揚其美？使後人觀吾此詞，恣意於酒色，沉迷於財氣，我即為禍之魁首。如今欲要說他不好，難以悔筆。也罷，如今再題四句，等人酌量而行。」就在粉牆《西江月》之後，又揮一首：「飲酒不醉最為高，好色不亂乃英豪，無義之財君莫取，忍氣饒人禍自消。」(《警世通言．蘇知縣羅衫再合》)

世上稱為累的，是「酒、色、財、氣」四字。這四件，只一件也夠了，況復彼此相生？故如古李白乘醉，喪身采石，這是酒禍；荀倩愛妻，情傷身斃，這是色禍；慕容彥超聚斂吝賞，兵不用力，這是財禍；賀拔岳尚氣好爭被殺，這是氣禍。還有飲酒生氣被禍的，是灌夫，飲酒罵坐，觸忤田蚡，為他陷害；因色生氣被禍的，是喬知之，與武三思爭窈娘，為他謗殺；因財生氣被禍的，是石崇，擁富矜奢，與王愷爭高，終為財累；好酒漁色被禍的，是陳後主，寵張麗華、孔貴嬪，沉酣酒中，不理政事，為隋所滅；重色愛財被禍的，是唐莊宗，寵劉後，因他貪黷，不肯賞賚軍士，軍變致亡。這四件甚是不好。(《型世言》第二十九回)

詩曰：酒色財氣四堵牆，多少迷人在裏藏。人能跳出牆兒外，便是長生不老方。(《狐狸緣全傳》第九回)

當然，酒色財氣所締造的圈兒絕非死板呆滯的四個，在某些特別有智慧的小說作家那兒，它可以向兩極發展：或凝聚為一個圈兒，或擴散為無數個圈兒。我們不妨先看凝聚為一個圈兒的描寫。《八仙得道》第八十一回，寫呂洞賓「年十二便跟著一班親友同去應試，一戰而捷」,「十五歲上娶了本郡何太守的小姐為夫人，伉儷之情，十分敦厚。過了二年，生下一子，洞賓亦以才名補官，陟官途者數十年，鍾離權始終相從不去。一天，師徒父子在衙中治酒小酌，閒談政治民生之事。忽吏胥進來道喜，說有升遷消息」。「鍾離權推杯而起」，「大笑道：『了不得，今日給賢喬梓灌醉了，請先失陪罷。』說罷，向外急走。」當弟子呂洞賓到鍾離權床邊噓寒問暖時，便展開了下面這段對話：

> 鍾離權聽了，睜開兩粒惺忪的醉眼，呵呵笑道：「人生一醉，如登天府，弟子可能從我到天上一遊麼？」洞賓笑道：「師傅說笑話了，弟子凡濁之軀，如何得昇天庭？要是能夠昇天，弟子求之不得，怎有不願之理。」鍾離權聽了，大喝道：「胡說，本是天上人，硬向地獄鑽，還說什麼情願昇天？」說畢，又哈哈一笑，搖搖頭說道：「這圈子可怕，這圈子可怕。」說了這兩句，登時鼾聲大起，悠然入夢去了。

鍾離權在這裡大聲疾呼的「這圈子可怕，這圈子可怕」，絕非指的是酒色財氣中的任何一個，而是它們的凝聚。而在另外的小說作品中，這圈兒卻可以外化為包括酒色財氣在內的無數個。有一部《西遊記》的續書《後西遊記》，寫小唐僧師徒四人去往西天求取解釋真經的真解。他們一路上碰到的多是一些「概念」幻化而成的妖精，而這些妖精的武器也都是富有抽象哲理意味的。其中，小行者碰到了造化小兒，這妖精向小行者拋了若干個圈子都沒有將其套住。最後，終於有一個圈兒將這位孫小聖套了個結結實實，頓不開、解不脫。小行者正在大發牢騷的時候，太上老君經過此地。李老君仔細研究了那些小行者跳過和尚未跳過的圈兒以後，對小行者進行了醍醐灌頂的教誨。

> 李老君道：「……與你說明白了吧，造化小兒那有甚麼圈兒套你？都是你自家的圈兒自套自。」小行者道：「這圈兒分明是他套在我身上，怎反說是我自套自？」李老君道：「圈兒雖是他的，被套的卻不是他。他把名利圈套你，你不是名利之人，自然套你不住；他把酒、色、財、氣圈兒套你，你無酒、色、財、氣之累，自然輕輕跳出；他把貪、嗔、癡、愛圈兒套你，你無貪、嗔、癡、愛之心，所以一跳即出。如今這個圈兒我仔細看來，卻是個好勝圈兒，你這潑猴子拿著鐵棒，上不知有天，下不知有地，自道是個人物，一味好勝。今套入這個好勝圈兒，真是如膠似漆，莫說你會跳，就跳遍了三十三天也不能跳出。不是你自套，卻是那個套你？」（第三十回）

進而言之，《八仙得道》也罷，《後西遊記》也罷，其中所說的「一個圈兒」和「無數圈兒」其實都是一回事。「一」就是「多」，「多」就是「一」；單一就是無窮，無窮就是單一。這就是中國古老的哲學蘊涵，釋家和道家都能接受的道理。

在不少涉及求仙問道的小說作品中，先已成仙者去度脫某一位世俗中有仙根的凡夫俗子時，往往會以「試」的方式對之進行考驗。那麼，「試」哪些項目呢？最集中、最煩瑣的應該是以下兩篇。

我們先來看《喻世明言·張道陵七試趙昇》中的描寫：

> 這幾樁故事，小說家喚做「七試趙昇」。那見得七試？第一試，辱罵不去；第二試，美色不動心；第三試，見金不取；第四試，見虎不懼；第五試，償絹不吝，被誣不辨；第六試，存心濟物；第七試，捨命從師。

這裡，張道陵雖對趙昇有「七試」，但說到底，第一試為「氣」，第二試為「色」，第三試、第六試為「財」，第五試為「財」與「氣」的結合。剩下的第四試和第七試，反映的都是生死關頭臨危不懼的品質。

另外一篇是《東遊記》，該書第二十四回，寫「雲房十試洞賓」，雖然斑駁陸離，但核心問題卻是兩點：一是生死關頭的沉著鎮靜，如第一試、第四試、第八試、第九試、第十試；另一方面仍然是酒色財氣，如：「第二試：洞賓一日賣貨於市，議定其值，市者反悔，止酬其值之半，洞賓無所爭論。第三試：洞賓元日出門，遇丐者到門求施，洞賓與以物，而丐者索取不厭，且加誶焉。洞賓惟再三笑謝。」「第五試：洞賓居山中道舍讀書，忽一女子年可十七八，容貌絕世，秀美媚人，自言歸寧母家，今以日暮無處安身，藉此少息；既而調弄百端，夜逼同寢，洞賓竟不為動。如是者三日始去。第六試：洞賓一日外出，及歸則家資為盜劫盡，殆無以供朝夕，洞賓略無慍色；乃躬耕自給，忽鋤下見金數十錠，洞賓以土掩之，一無所取。第七試：一日洞賓遇賣銅器者，買之而歸，見其器皆金也，即徧訪賣主而還之。」

「張道陵七試趙昇」也好，「雲房十試洞賓」也罷，說到底，仍然不過是將以酒色財氣為中心的「圈兒」變換了一種形式而已。更有甚者，在某些小說作家那兒，這些呆板單一的「圈兒」又變成了五彩繽紛的「幡兒」。請看：

> 賽小夥暗暗取出引魂幡，卻有許多名色。有的是喜怒哀樂，酒

色財氣，悲歡離合，風花雪月，忠孝節義，奸盜邪淫。只（這）跎子亦是人生父母養的，又不是山巢裏崩出來的，不能無七情六欲。當下賽小夥將酒字旗一連搖了幾下。旗上忽然現出一行小字，上寫著：「酒不醉人人自醉。」便見許多酒鬼望跎子招手，道：「請君試看筵前席，杯杯只敬有錢人。將酒勸人，終無惡意。」跎子心中想道：「行軍之日，酒能誤事。也要順情吃好酒，我是點酒不吃。況只（這）杯莽酒何能吃得下去？你不必扳酸酒，天下沒有不散的筵席。」女中丈夫見酒幡引不動跎子，少又將色字旗一連搖了幾下。旗上忽然現出一行小字，上寫著：「色不迷人人自迷。」便見許多色鬼，一個個眉眼傳情，望跎子招手道：「牡丹花下死，做鬼也風流。」跎子一見就動心，又回想道：「臨陣招親，該當死罪。況此乃是陷人坑，我是真真不去的。」那女中丈夫見色旗引不動跎子，又將財字旗一連搖了幾下。旗上忽然現出一行小字，上寫道：「贈人須贈馬蹄金。」便見許多計債鬼望跎子招手，道：「有錢使得鬼推磨，無錢寸步也難行。我這裡有金山銀汞，你快快拿斧子來砍。」跎子一見，心中惑動。又見半空中許多外來財，卻是你的財高，我的氣大。跎子不由的飛進簸箕陣來。早有五方將士層層圍住。女中丈夫高聲叫道：「石不透，你也被我引來了！想必是銀子迷住了你的心，看你再有何能飛得出去！」跎子一聽，方才省悟，悔之不及。（《飛跎全傳》第二十回）

在這些幡兒指引下，女中丈夫指揮著酒鬼、色鬼、計債鬼和五方將士向跎子圍過來，這已經有點兒排兵佈陣的意味了。殊不知，有的小說作家乾脆就排起酒色財氣的陣勢來。請看以下二例：

余承志歎道：「……今因心月狐光芒已退，特囑小弟前來暗暗通知：明年三月初三桃會之期，一同起兵，先把武氏弟兄四座大關破了，諸事就易如反掌。」廉亮道：「四關都叫何名？」余承志把「北名酉水，西名巴刀，東名才貝，南名無火」，以及命名之意也說了。尹玉道：「他因『木』字犯諱，缺一筆也罷了；就只『炁』字暗中缺一筆未免矯強。」薛選道：「這四關那一處易破，那一處難破？」余承志道：「聞得酉水、無火二關易破，巴刀最凶，才貝尤其利害。」（《鏡花緣》第九十六回）

> 厲鬼曰：「爾如敢破吾陣，宜入陣內，將陣吹散，方見道法。如暗以寶物收吾，是秘計陰謀，不算高妙也！」三緘曰：「吾且釋爾，讓爾再排陣勢，待吾破之。」剛將腸綈子收回，厲鬼得釋，乘風在於半空，吹起煙霧。三緘覆命狐疑入陣，手持腸綈子，四方揮動，煙霧化為烏有。厲鬼見陣已破，乘風欲遁，早被綈子套著，仍墜莊中。三緘笑曰：「爾可服乎？」厲鬼曰：「服矣！」三緘曰：「爾所布者何陣？」厲鬼曰：「昏天陣也。」狐疑曰：「既屬昏天陣，陣中何有富者、貴者與美女、醉漢、怒漢哉？」厲鬼曰：「富貴功名以及酒色財氣，世人盡墜其內，死而不悟，豈非昏天陣乎？」三緘聞而笑曰：「真迷人具也。獨怪夫世之墜於是陣者，自壯至老，無一能出也。」（《繡雲閣》第七十五回）

第一例中，武三思兄弟為抵禦興唐軍隊的進攻，居然擺起了「北名酉水，西名巴刀，東名才貝，南名無火」四陣，亦即酒色財氣（炁）四陣。並且作者也認識到財、色二陣的攻打難度要高於酒、氣二陣，這種觀點又與《金瓶梅》等小說中的觀點鼓桴相應。第二例所寫的陣勢包含的範圍更為廣泛，除了酒色財氣而外，還有功名富貴等內容。其實，功名富貴與酒色財氣也具有交叉點，並非完全平列的觀念。

然而，以上所言還不是最複雜的，酒色財氣等圈兒演變的最複雜態勢還在下面這篇文言小說。許桂林《七嬉．洗炭橋》寫閻王遣甲乙二鬼追拿彭祖，二鬼乃酒鬼，被彭祖一倒酒題所激，飲酒而縮，丟入酒池中。閻王又遣丙丁二鬼追拿彭祖，又為一小兒兒歌所迷，且被引入金錢洞，遇火，化之。戊巳二鬼乃美女，自請行，又被彭祖百化身所迷，又為寶鏡中各美男子所迷，竟化為木女、石女。閻王無奈，續派庚辛二鬼，與一少年下棋，三人同局，二鬼屢屢爭執，少年和解之。後又下「十子棋」，約定勝者得厚贈，負者上蒸籠。二鬼敗，上蒸籠蒸之，隨氣而化。至此，「酆都共有大鬼十，八鬼皆敗沒，壬癸二鬼相與泣曰：『吾等不得不往，往而覆敗，鬼風掃地，鬼種且絕矣。』」最後，還是壬癸兩位水鬼，俟彭祖稍怠，以洗炭為白誆之，終拘之去。篇中甲乙二鬼為「酒」，丙丁二鬼為「色」，戊巳二鬼為「財」，庚辛二鬼為「氣」，寓意為酒色才氣均拿彭祖無可奈何，最後終被二「水鬼」追去。同時，十鬼又隱寓乃五行運轉。該篇寫酒色才氣等人類之嗜好與金木水火土等自然之物質二者之間的矛盾與融合，深含哲理。

大實話，酒色財氣等圈兒對於人類而言，是永遠也不可能完全跳過的。人們對於酒色財氣等正常欲望不可能不具有，大家所作的努力不過是儘量克制在每個人力所能及和無礙他人的限度之中。「飲酒不醉最為高，好色不亂乃英豪，無義之財君莫取，忍氣饒人禍自消。」還是《警世通言》中的說法最為「警世」，而且是「通言」。說到這裡，本文似乎應該結題了，但，且慢，還有一個問題必須辨析一二。先看下面這段文字：

> 酒色財氣四字，人都難脫不得，而財色二者為尤甚。無論富貴貧賤、聰明愚鈍之人，總之好色貪財之念，皆所不免。那貪財的，既愛己之所有，又欲取人之所有，於是被人籠絡而不覺。那好色的，不但男好女之色，女亦好男之色；男好女猶可言也，女好男，遂至無恥喪心，滅倫敗紀，靡所不為，如武后、韋后、安樂公主、太平公主等是也。（《隋唐演義》第七十八回）

這段話的前面大半都沒有什麼問題，不過是與《金瓶梅》《繡雲閣》等很多作品差不多的論調。最為混帳的是最後那句話：「男好女猶可言也，女好男，遂至無恥喪心，滅倫敗紀，靡所不為。」這是什麼道理？難不成「好色」也分什麼男尊女卑嗎？武后她們再混帳淫亂，難道還不是唐高宗他們培養、縱容出來的嗎？

這樣的混帳邏輯，正是中國傳統文化中最令人窒息的東西。

角色錯位的效果

「梁祝」的故事，在中國膾炙人口，流傳了一千多年，甚至傳諸海外。路工先生曾在《梁祝故事說唱集．寫在前面》一文中，對這個故事的流傳過程做了專門的考證：「我們根據確實可靠的材料，梁、祝故事在唐代已有記載。……《十道四蕃志》是唐代中宗時梁載言所作，同時，在唐代張讀所著的《宣室志》記載得比較詳細：『英臺，上虞祝氏女，偽為男妝遊學，與會稽梁山伯者，同肄業。……晉丞相謝安，奏表其墓曰：『義婦冢』。』……化蝶的傳說，最早提到的，是南宋紹興年間薛季宣《遊祝陵善權洞》詩中，有兩句：『蝶舞凝山魄，花開想玉顏。』……還魂的說法，比較遲，明代萬曆年刊行的《精選天下時尚南北徽地雅調》中，有《還魂記》的一齣，寫的是山伯送英臺回家一段。……梁、祝故事的傳佈遍及全國，並流入朝鮮、日本、越南等國。」

明代通俗文學大師馮夢龍，根據相關記載以及自己聽聞，將梁祝故事較為完整地載入《情史》卷十《情靈類》：

> 梁山伯、祝英臺，皆東晉人。梁家會稽，祝家上虞。嘗同學，祝先歸。梁後過上虞，尋訪之，始知為女。歸乃告父母，欲娶之，而祝已許馬氏子矣。梁悵然若有所失。後三年，梁為鄞令，病且死，遺言葬清道山下。又明年，祝適馬氏，過其處，風濤大作，舟不能進。祝乃造梁冢，失聲哀慟。地忽裂，祝投而死。馬氏聞其事於朝，丞相謝安請封為義婦。和帝時，梁復顯靈異效勞，封為義忠。有事立廟於鄞云。見《寧波志》。
>
> 吳中有花蝴蝶，橘蠹所化。婦孺呼黃色者為梁山伯，黑色者為

祝英臺。俗傳祝死後，其家就梁冢焚衣，衣於火中化成二蝶。蓋好事者為之也。

在封建時代，青年男女尤其是知書達禮的青年男女要想在一起談戀愛是基本不可能的，更不要說私訂終身了。但廣大民眾又非常希望他們能夠在一起締造無邊的風月、創造無盡的風流。於是，好事者就給他們打造了一種特殊的環境——女子女扮男裝，取得與男子同堂讀書的機會，長時期的耳鬢廝磨，總會有接觸的時間，或許不知不覺就心心相印了。這樣，就出現了梁山伯與祝英臺的故事。

這故事最大的興奮點就是性別錯位，女扮男裝，閨中女兒許多想說的話、想幹的事，都能在性別錯位以後借著那個角色假面具得以實現。馮夢龍筆下的記載，雖有化蝶的傳說，但卻缺少一個至關重要的情節：「英臺自薦」，假裝兄長借小九妹說事，向梁兄表達愛情、締結婚姻。這個情節，有賴於後世戲劇舞臺的創造。我們且看流傳最為廣泛的越劇《梁山伯與祝英臺》中的描寫：

（梁山伯、祝英臺入亭坐，四九、銀心在亭下休息。）祝英臺（唱）你我鴻雁兩分開，梁山伯（唱）問賢弟你還有何言來交代？祝英臺（唱）我臨別想問你一句話，問梁兄你家中可有妻房配？梁山伯（唱）你早知愚兄未婚配，今日相問又何來？祝英臺（唱）若是你梁兄親未定，小弟給你做大媒。梁山伯（唱）賢弟替我來做媒，未知千金哪一位？祝英臺（唱）就是我家小九妹，不知梁兄可喜愛？梁山伯（唱）九妹今年有幾歲？祝英臺（唱）她與我同年——乃是雙胞胎。梁山伯（唱）九妹與你可相像？祝英臺（唱）她品貌就像我英臺。梁山伯（唱）未知仁伯肯不肯？祝英臺（唱）家父囑我選英才。梁山伯（唱）如此多謝賢弟來玉成，祝英臺（唱）梁兄你花轎早來抬。我約你，七巧之時……梁山伯：噢，七巧之時，祝英臺（唱）……我家來。（幕後女聲合唱：臨別依依難分開，心中想說千句話，萬望你梁兄早點來。——幕落）（越劇《梁山伯與祝英臺》第四場《十八相送》）

表面看來，借著性別錯位的「英臺自薦」這一情節似乎是戲劇作者或藝術家們的創造。其實不然，中國的文學史從來都是文人與民間雙向影響的。一方面，文人向民間藝術學習，從中吸收營養，進而創作出成熟的作品；另一方面，文人成熟的構思、高超的表達技巧也會對民間作品產生反作用力。只有這樣來理解文人創作和民間創作的關係，才是符合實際的。否則，過分強調其中的一面，都會失之偏頗。例如，祝英臺女扮男裝面對情郎借小九妹私訂終身的情節，就模仿自明末清初的一部文人創作的小說中的一個片段：

> 盧夢梨羞澀半晌，被蘇友白催促不已，只得說道：「小弟有一舍妹，與小弟同胞；也是一十六歲，姿容之陋，酷類小弟。學詩學文，自嚴親見背，小弟兄妹間，實自相師友。雖不及仁兄所稱淑女之美，然憐才愛才、恐失身匪人之念，在兒女子實有同心。一向緣家母多病，未遑擇婿；小弟又年少，不多閱人；兼之門楣冷落，故待字閨中，絕無知者。昨樓頭偶見仁兄翩翩吉士，未免動摽梅之思。小弟探知其情，故感遇仁兄，謀為自媒之計。今挑問仁兄，知仁兄鍾情有在，料難如願，故不欲言也。今日之見，冀事成也；異日兄來，事已不成，再眉目相對，縱兄不以此見笑，弟獨不愧於心乎？故有或不見之說。今仁兄以市交責弟，弟只得實告。此實兒女私情，即今日言之，已覺面熱顏赤，倘泄之他人，豈不令小弟羞死！」蘇友白聞言，諤然驚喜道：「吾兄戲言耶？抑取笑小弟耶？」盧夢梨淒然道：「出之肺腑，安敢相戲？」蘇友白道：「莫非夢耶？」盧夢梨道：「青天白日之下，何夢之有！」蘇友白道：「若是真，豈不令小弟狂喜欲死！」(《玉嬌梨》第十四回)

實在話，《玉嬌梨》中的這段描寫，雖然出自文人筆下，但卻帶有非常濃厚的民眾趣味。而且，女扮男裝的才女，借一個子虛烏有的妹妹來向情郎表達情愫，甚至私訂終身，說到底，還是一種十分勇敢而可愛的行為。但是，當才子佳人小說進一步文人化以後，文人的心性佔據了絕對統治地位，民眾趣味卻被壓到了非常可憐的角落。有這樣一部小說，其中寫到姐姐女扮男裝冒充弟弟，似乎與上述兩個故事大同小異，但女扮男裝的目的卻令人大跌眼鏡：

> 柳青雲遂走來見楊夫人，將花天荷要與他聯詩，並要央姐姐改裝代做之事，細細說了一遍，道：「這事不過是一時行權，姐姐尚遲疑不肯，母親須與他說一聲。這不但孩兒要爭體面，還有許多好事，都要從此做去。若姐姐不肯從權，叫孩兒弄出醜來，便要將一天好事都弄散了，母親須要拿出主意來。」原來楊夫人已有心要將女兒嫁與花天荷，今見兒子要女兒代他做詩，心下暗想道：「總是

要嫁他，便見見何妨？況女兒有此才華，埋沒閨中，殊為可惜，便等他施展施展也好。」因對柳青雲說道：「論起來，一個閨中女子，就是前日暗暗代你做詩，原也不該，何況今日明明去代。但事已弄巧成拙，只得將錯就錯。只要做得機密些，不要被他看破要緊。」柳青雲道：「姐姐面貌與孩兒一般，若裝束相同，便神仙也看不出。只是姐姐不肯，須得母親喚來吩咐一聲方好。」楊夫人見兒子著急，只得叫一個小丫鬟，將藍玉小姐請來。吩咐道：「你們前日不和這詩也罷了，卻賣弄有才，你一首，我一首，和到如今，和得不尷不尬，卻丟了不和，豈不連前面的都看假了？兄弟要你從權，再代他周全一遍。你若不肯，弄出醜來，叫他將什麼面目見人？」原來柳煙一肚皮才華，正沒處發洩，見柳青雲要他與花天荷聯吟，正關他的痛癢，只是不好便突然應承，因託辭了幾句。今見母親如此吩咐，便不言語。柳青雲見姐姐不推辭，知道有個肯意。（《畫圖緣》第八回）

在這裡，弟弟青雲請姐姐藍玉冒充自己去欺騙好朋友花天荷，並不是給他們做媒，而只是搞詩歌創作比賽，是為了鬥一口閒氣。儘管後來花天荷就是因為這一次藍玉的性別錯位而最終娶了藍玉，但這種描寫相對於《玉嬌梨》而言，其間趣味就差了好幾個層次；若進而與清水出芙蓉的梁祝「十八相送」相比，就不啻天壤之別了。

與上述女扮男裝冒充兄弟與人賽詩的故事相比，下面這兩位佳人的表現似乎更差勁一點。她們居然裝扮成青衣、亦即丫鬟的模樣去與才子賽詩，而且是出於一種「旱澇保收」只勝不敗的考慮。

山小姐笑道：「孩兒到有一法在此。輸與他不致損名，勝了他使他受辱。」山顯仁道：「我兒再有甚法？」山小姐道：「待他二人來時，爹爹只說一處考恐怕有代作傳遞之弊，可分他於東西兩花園坐下。待孩兒與冷家姐姐假扮作青衣侍兒，只說小姐前次曾被無才之人纏擾，徒費神思，今又新病初起，不耐煩劇，著我侍妾出來，先考一考。若果有些真才，將我侍兒壓倒，然後好請到玉尺摟，優禮相見；倘或無才，連我輩不如，便好請回，免得當面受辱。若是勝他，明日傳出去，只說連侍兒也考不過，豈非大辱？就是輸與他，不過侍妾，尚好遮飾，或者不致損名。」（《平山冷燕》第十六回）

這真是有點要面子要到了無聊的地步！《平山冷燕》的作者自以為用這種方法可以成功塑造聰明得無以復加的丞相女兒山黛小姐，殊不知這樣的餿主意實際上大大損害了這一人物形象的塑造。這也是每當我們讀完了《平山冷燕》以後，總覺得山黛雖然出身高貴，但與書中另一位出身農家的女兒冷絳雪相比要稍遜一籌的根本原因。說來說去，皆因這位山小姐太過矯情。不過，這裡所運用的另一種角色錯位——主僕錯位的方法則是可取的。因為這種錯位法的運用有利於敘事，也增添了故事的曲折性和生動性。

《平山冷燕》中的那個片段、那個主僕錯位的片段雖然最後成就了兩對才子佳人的姻緣，但就山黛的本意而論，卻多多少少帶有一點借這個機會親自看一眼情郎的意味。只不過山小姐過於矯情，總是將自己的心思隱藏得很深很深讓別人無法察覺而已。那麼，有沒有為了看一眼情郎而明明白白宣告並採取主僕錯位的方式的深閨裙釵呢？當然有！且看下面這一位鸞簫小姐。

> 鸞簫道：「祝表兄詩才雖妙，未知人物如何？」霓裳道：「今日乘大人不在，小姐何不私往窺之？」鸞簫道：「倘或被他瞧見了，不當穩便。」霓裳道：「小姐與祝生既係中表兄妹，相見何妨？」鸞簫沉吟道：「我見他不妨，卻不可使他見我。我今有個道理。」霓裳道：「有甚道理？」鸞簫道：「把你身上的青衣來與我換了，我假扮了你去窺他一面。倘他見了我問時，我只說是你便了。」霓裳笑道：「祝生的詩既比著霓裳，今小姐又要扮做霓裳，使霓裳十分榮耀。」說罷，便脫下青衣與鸞蕭改換停當。鸞簫悄地步至梅花書屋，只推摘取青梅，竟走到庭前梅樹之下。祝生正悶坐無聊，忽然望見一個青衣女子，姿態異常，驚喜道：「夫人已不在家，此必是小姐的侍兒了。」忙趨上前唱個肥喏道：「小娘子莫非伏侍鸞簫小姐的麼？」鸞簫看那祝生時，豐神俊爽，器宇軒昂，飄然有超塵出俗之姿，心中暗喜，慌忙回禮道：「妾正是小姐的侍兒霓裳也。」(《五色石》第八卷《鳳鸞飛》)

這位鸞簫小姐為了考察「詩才雖妙」的表兄究竟「人物如何」？於是採取了降低身份的主僕錯位法，將自己與丫鬟霓裳換位，這也算得上煞費苦心了。但無論如何，這種做法還是有幾分可愛的。因為在那樣一個男女授受不親的時代，這是一個未婚的女子為了偷窺如意郎君是否全方位「如意」的迫不得已的方法。但如果是已然做了人家的小妾，為了爭寵，還可以採取這種方式嗎？還可以將自己屈尊裝扮為低賤的青衣小鬟嗎？一般說來，似乎沒有這個必要。殊不知大千世界無奇不有，在中國小說史上竟然還真有一個女人這樣做了，那就是《金瓶梅》中的「妝丫環金蓮市愛」。

卻說金蓮晚夕走到鏡臺前，把鬏髻摘了，打了個盤頭楂髻，把臉搽的雪白，抹的嘴唇兒鮮紅，戴著兩個金燈籠墜子，貼著三個面花兒，帶著紫銷金箍兒，尋了一套大紅織金襖兒，下著翠藍段子裙：要妝丫頭，哄月娘眾人耍子。叫將李瓶兒來，與他瞧。把李瓶兒笑的前仰後合，說道：「姐姐你妝扮起來，活像個丫頭。我那屋裏有紅布手巾，替你蓋著頭。等我在後邊去，對他們只說他爹又尋了個丫頭，諕他們諕，管定就信了。」（《金瓶梅》第四十回）

潘金蓮的別出心裁，最後居然博得個滿堂彩。但進一步的問題在於，潘金蓮這樣做的理論依據何在？或者說白了，為什麼同樣的姿色，丫鬟就比小妾更能招引男人的寵愛？

其實，潘金蓮的做法是有理論根據的，當然，這根據多半存在於通俗小說之中。且看數例：

只是這朱公子自小曾誦嫖經，那嫖經上說妻不如妾，妾不如婢，婢不如妓，妓不如偷。（《歡喜冤家·朱公子貪淫中毒計》）

賈璉見了平兒，越發顧不得了，所謂「妻不如妾，妾不如偷」。（《紅樓夢》第四十四回）

劉公子道：「諸兄不知，我兄弟《聖經》卻一句記不清，《嫖經》是通本背的，上面有兩句道得好：『妻不如妾，妾不如婢。』婢的好處，真不可言語形容呢！」（《蘭花夢奇傳》第五回）

原來在古代小說中的公子哥兒之間流傳著《嫖經》這樣的書，而這樣的書中卻又有「妻不如妾，妾不如婢，婢不如妓，妓不如偷」這樣的「至理名言」。這種男人變態的愛欲觀一旦被那些以出賣姿色而求得「幸福生存」的女子所知，她們就會按照這個法則千方百計取悅於男性，甚至降低自己的身份，玩一點「角色錯位」。潘金蓮是絕頂聰明而又絕頂淫蕩的女人，因此，她無師自通地來一點主僕錯位，將自己裝扮為丫鬟以取悅夫君。那麼，潘金蓮的角色錯位究竟是否取得效果呢？且看蘭陵笑笑生的回答：

西門慶因見金蓮裝扮丫頭，燈下豔妝濃抹，不覺淫心漾漾，不住把眼色遞與他。金蓮就知其意，就到前面房裏。去了冠兒，挽著杭州纘，重勻粉面，復點朱唇。早在房中預備下一桌齊整酒菜等候。不一時，西門慶果然來到，見婦人還挽起雲髻來，心中甚喜，摟著他坐在椅子上，兩個說笑。(《金瓶梅》第四十回)

潘金蓮以小妾的身份裝扮為丫鬟，梳妝打扮可以更為隨心所欲，言行舉止可以更加放蕩不羈，而這些，又恰恰給西門慶以新鮮感，而新鮮恰恰又是最具刺激性的。故而，潘金蓮取得了勝利，成功地市了愛、爭了寵、滿足了淫慾。

除了上面所講到的男女錯位、主僕錯位而外，在中國古代小說中還有許許多多、形形色色的角色錯位的描寫。如貧富錯位、貴賤錯位、老少錯位、美醜錯位、人妖錯位、賢愚錯位、優劣錯位等等，可謂不勝枚舉、比比皆是。這些角色錯位法的運用，極大地豐富了古代小說的表現力，也極大地調動了廣大讀者閱讀的趣味性。

小說是要有「味道」的。沒有味道的小說只是木乃伊和蠟。

當面輪流吃人肉

說到「吃人肉」的描寫，中國古代小說中雖不能說比比皆是，至少也是偶有發生。杜光庭《虯髯客傳》就寫到虯髯丈夫「開革囊，取一人頭並心肝。卻頭囊中，以匕首切心肝，共食之」。虯髯丈夫還對「共食」的李靖說：「此天下負心者，銜之十年，今始獲之，吾憾釋矣。」相對於文言小說，通俗小說描寫數人共食人肉的場面堪稱「夥矣」！僅以章回小說名著而言，《三國志通俗演義》中的劉安進妻子之肉與劉備共食，已見前述。《水滸傳》中更多，賣人肉包子的黑店、吃活人心肝的強盜，在荒郊野外、崇山峻嶺之中屢屢出現。《西遊記》就更不用說了，那麼多妖精要吃唐僧肉，還要吃普通人，這樣的例子不勝枚舉。

上述作品中的「吃人肉」描寫，雖然各各不同，但有一點卻是共同的，即吃人肉者雖然有知情不知情之分別，而被吃者卻毫無例外地不情願。

那麼，有沒有吃人肉者和被吃者都知情，而且都是心甘情願的例子呢？或者說得更明白一些、更殘酷一些，有沒有本文之標題所說的那樣「當面輪流吃人肉」的事情在中國古代小說中發生呢？

當然有！不過，在展示這種恐怖的虛構描寫之前，我們先來看看「子書」中一段諷刺性的記載：

> 齊之好勇者，其一人居東郭，其一人居西郭。卒然相遇於塗，曰：「姑相飲乎？」觴數行，曰：「姑求肉乎？」一人曰：「子，肉也；我，肉也；尚胡革求肉而為？於是具染而已。」因抽刀而相啖，至死而止。勇若此不若無勇。（《呂氏春秋·仲冬紀第十一·當務》）

呂不韋的門客們在寫這個寓言故事的時候，是為了說明一個道理：愚蠢的勇敢不是真正的勇敢，標榜這樣愚蠢的勇敢還不如沒有勇敢，亦即書中所謂「勇若此不若無勇」。但這個故事留給後人卻是一種非常糟糕的意象：「當面輪流吃人肉」。而這種意象在後來的文學作品中，卻變成兩個東西，一是口號：「一遞一刀子我和你搶生吃」；一是行動，真的當面吃別人的肉，或者，當面輪流把自己的肉給人吃。

先看那句口號，在元人雜劇中有體現：

（外旦上，云）周舍兩三日不家去，我尋到這店門首。我試看咱，原來是趙盼兒和周舍坐哩！兀那老弟子不識羞，直趕到這裡來！周舍，你再不要來家，等你來時，我拿一把刀子，你拿一把刀子，和你一遞一刀子戳哩。（下）（周舍取棍科，云）我和你搶生吃哩！不是奶奶在這裡，我打殺你！（《救風塵》第三折）

這裡，外旦扮演的是妓女宋引章，她被花花公子周舍騙娶，受盡凌辱、折磨。宋引章的姐妹趙盼兒為了給她報仇，假裝與周舍相好，讓周舍休了宋引章，其實是救她逃出牢籠。但宋引章不知內情，她見到周舍和趙盼兒在纏綿悱惻，心頭怒火燃燒，這種憤怒發洩的中心句子就是：「我拿一把刀子，你拿一把刀子，和你一遞一刀子戳哩！」而周舍接著她的話惡狠狠地反唇相譏：「我和你搶生吃哩！」將兩人的對話連為一體，就是《呂氏春秋》中的那個描寫：「因抽刀而相啖，至死而止。」雖然在元雜劇舞臺上，這只是一句罵詈語，是鬥狠的話，但可以見得當時的人們在恨之至極的時候說不定真會有這種過激的行為。

這種過激行為是不值得提倡的，就連這種過激的罵詈都顯示了一種人性向著動物性的回歸。但是，在中國古代小說中，居然還有以這種「當面輪流吃人肉」的恐怖場面來表彰某種道德的描寫。不過，那不是兩個有著深仇大恨的人相互一遞一刀地吃人肉，而是若干好朋友之間輪流將自己的肉用刀子割下來奉給同一個人吃。

這故事發生在程咬金（知節）、秦瓊（叔寶）、徐世勣（懋功）與單雄信之間，至少在明清兩代的兩部章回小說中有所描寫。先看明代的：

雄信妻子來送，世勣、叔寶、知節三人都到殺場上。雄信教妻子過來，見了三個叔叔。眾人哭做一團，雄信半點眼淚也沒有，道：「不要作此兒女態，只管我兒女就是了。」叔寶三人抱了雄信大哭，

> 叫從人拿過一把刀，一個火盆，三人輪流把自己股上肉割下來，炙在火上，熟了，遞與雄信吃，道：「兄弟們誓同生死，今日不能相從，倘異日食言，不能照顧你妻子，當如此肉，為人炮炙、屠割。」雄信也將來吃了不辭。(《隋史遺文》第五十九回)

清代的章回小說中也有相近似的描寫，我們再看：

> 此時不要說秦、程、徐三人大慟，連那看的百姓軍校，無不墜淚。……叔寶叫從人抬過火盆來，各人身邊取出佩刀，輪流把自己股上肉割下來，在火上炙熟了，遞與雄信吃，道：「弟兄們誓同生死，今日不能相從；倘異日食言，不能照顧兄的家屬，當如此肉，為人炮炙屠割！」雄信不辭，多接來吃了。(《隋唐演義》第六十回)

這樣兩段描寫，毫無疑問是一脈相承的。從時間先後來看，應該是《隋唐演義》學習的《隋史遺文》。進而言之，在隋唐題材的小說系列中，比《隋史遺文》更早的《隋唐兩朝志傳》一書中沒有這個情節，反而只有一句徐世勣諷刺單雄信的話：「愚弟本意救兄，汝不記割袍斷義時耶？」(第六十九回)

拋開同一故事系列的小說中相反的描寫這一問題不論，我們僅就秦叔寶等三人「輪流把自己股上肉割下來，炙在火上，熟了，遞與雄信吃」這一描寫而言，它具有何種意義呢？要討論這個問題，我們必須首先弄清這幾個人物之間的關係。

秦叔寶、徐懋功、程咬金三人與單雄信都是「不求同年同月同日生，但求同年同月同日死」的結義兄弟，這是就私人感情而言。但從各為其主的角度出發，秦叔寶等三人又都是李世民手下忠心耿耿的將領，又因為李世民的父親曾經誤殺單雄信的哥哥，使得單雄信成為李世民永遠的敵人。現在單雄信被李世民俘虜，寧死也不願降唐。這樣，就給秦叔寶等人造成了兩難境地：從前的朋友、現在的敵人單雄信，要被砍頭了，而本人又不願意接受營救，作為他的朋友怎樣表現？一方面，他們不能棄友情於不顧；另一方面，他們又不可能為了挽救結義兄弟而做出對君王不忠的事。簡言之，他們既不能救朋友，又要履行「同生共死」的誓言。在「盡忠」與「守義」之間徘徊的秦叔寶三人，採取了既義薄雲天又自欺欺人的做法：局部的「殺生以報」。一方面，割下自己大腿上的肉，代替自己陪著結義兄弟一起赴死，並表示要照顧好朋友的妻兒，如若不然，就像這股肉一般被刀割火燒；另一方面，留下絕大部分的殘生性命為李世民效忠，同時也為照顧朋友妻兒創造絕佳的條件。這樣一來，可不就忠義雙全了嗎？

用這種慘絕人寰的方式報答知己而求得自身的心理平衡，其實是一種自欺欺人的俠義品格，而這，在中國古代小說中的英雄好漢那兒非常吃香，就是在一般民眾那兒也很有市場。

但是，這種品格卻是「非人性」的。這種「非人性」的品格與《呂氏春秋》中那兩個「齊之好勇者」一樣，都是極端愚昧的東西。

愚昧的東西是不值得表彰的，即便它能得到某些人、甚至很多人一時的追捧。

為什麼送「舊物」給情人？

《紅樓夢》中有一個頗為奇特的情節，寶玉挨打之後，躺在床上療傷，卻突發奇想，將襲人打發開之後，做了這樣一件事：

襲人去了，寶玉便命晴雯來吩咐道：「你到林姑娘那裡看看他做什麼呢。他要問我，只說我好了。」晴雯道：「白眉赤眼，做什麼去呢？到底說句話兒，也像一件事。」寶玉道：「沒有什麼可說的。」晴雯道：「若不然，或是送件東西，或是取件東西，不然我去了怎麼搭訕呢？」寶玉想了一想，便伸手拿了兩條手帕子撂與晴雯，笑道：「也罷，就說我叫你送這個給他去了。」晴雯道：「這又奇了。他要這半新不舊的兩條手帕子？他又要惱了，說你打趣他。」寶玉笑道：「你放心，他自然知道。」

拿兩條半新不舊的手帕送給多情的妹妹，這樣的事，也只有怡紅公子做得出來。一般人絕不能理解其中的深刻含義，即便是聰明伶俐的晴雯，也覺得不可思議，甚至擔心黛玉會認為是寶玉打趣她而又惱了。這麼一來，她這只殷勤探看的「青鳥」可就要變成鑽風箱的老鼠——兩頭受氣了。其實，不要說晴雯，就是黛玉猛然間也沒有領悟情哥哥的深意：

晴雯道：「二爺送手帕子來給姑娘。」黛玉聽了，心中發悶：「做什麼送手帕子來給我？」因問：「這帕子是誰送他的？必是上好的，叫他留著送別人罷，我這會子不用這個。」晴雯笑道：「不是新的，就是家常舊的。」林黛玉聽見，越發悶住，著實細心搜求，思忖一時，方大悟過來，連忙說：「放下，去罷。」晴雯聽了，只得放下，抽身回去，一路盤算，不解何意。（第三十四回）

有趣的是，雖然這送舊手帕的事不太好理解，但這種做法卻絕非賈寶玉的「原創」。早在紅樓夢出現以前幾十年的康熙年間，有一部名為《巫夢緣》的小說，就寫了一位寡婦送給心上人舊汗巾的故事：

且說劉寡婦卜氏，一心一意要嫁王嵩，再三託了兄弟，叫與大伯討個了絕。凡是賣得的東西，除了田房，盡情變賣了，漸漸搬回娘家。……存兒應了自去。第二日又來，拿了一雙綾鞋，一條自用過半新的汗巾，說：「娘叫我送大爺，多多上復。端陽務要會面，慢慢的等娘和三老爺商量了，就容易做事。少不得後來嫁大爺，也要大舅爺、三舅爺兩個做主。不要看難了事情。」（第八回）

將自己用過的舊汗巾送情人究竟有何講究呢？書裏的人物沒有說明，作者也沒有講清，其實，這種「意象」來自一首民歌。馮夢龍編輯的《山歌》中有一首《素帕》這樣寫道：「不寫情詞不寫詩，一方素帕寄心知，心知接了顛倒看，橫也絲來豎也絲，這般心事有誰知？」是呀，這般心事大概也只有「心知」之人知道了。但這只是事情的一方面，另一方面，送自己家常用的舊物品給情人，比送新的物品強多了。何以如此？因為舊物品曾經主人用過，或者說，帶有主人的手澤和氣味。這種「貼身性」，當然是一種暗示，暗示送物者和接受者之間的親密無間乃至肌膚之親。當然，這位劉寡婦送王嵩以舊汗巾，還算較為高雅的，而她的「師傅」夏姬卻表現得更為露骨和不知羞恥。那故事發生在明代小說《東周列國志》中，陳靈公與孔寧、儀行父這一君二臣有一個共同相好的女人——夏姬。有一次，這無恥的三位居然在朝堂之上互相誇耀起淫蕩女人送給他們各自的貼身之物來。這真是醜惡至極的一幕：

靈公又曰：「汝二人雖曾入馬，他偏有表記送我。」乃扯襯衣示之曰：「此乃美人所贈，你二人可有麼？」孔寧曰：「臣亦有之。」靈公曰：「贈卿何物？」孔寧撩衣，見其錦襠，曰：「此姬所贈。不但臣有，行父亦有之。」靈公問行父：「卿又是何物？」行父解開碧羅襦，與靈公觀看。靈公大笑曰：「我等三人，隨身俱有質證，異日同往株林，可作連床大會矣！」一君二臣正在朝堂戲謔。（第五十二回）

你看，襯衣、錦襠、羅襦，那可比舊汗巾「貼身」多了，所表達的意象也顯豁多了，但女主人公較之劉寡婦也無恥多了。這種赤裸裸的動物性的表達，終不如《巫夢緣》中的舊汗巾，多少帶一點暗示和曖昧。同樣送一個貼身使用的物品給心上人，太過顯露就成為一種「醜」，而稍稍曖昧一點就多多少少有一點「美」的蘊含。

當然，若比起《紅樓夢》中的舊手帕，《巫夢緣》中的舊汗巾卻又是小巫見大巫了。因為，寶玉送給黛玉的舊手帕是純然寫意的，是十分朦朧的，這樣，就使得即便如林黛玉這樣冰雪聰明之人也得慢慢回味才能領悟其中深意，而讀者，也只能通過接受者林黛玉的領悟深意才能進而領略其中美的蘊含。為了走進這深奧而又朦朧的美的境界，我們不妨先來看看瀟湘妃子對舊手帕的解讀和感悟：

> 這裡林黛玉體貼出手帕子的意思來，不覺神魂馳蕩：寶玉這番苦心，能領會我這番苦意，又令我可喜；我這番苦意，不知將來如何，又令我可悲；忽然好好的送兩塊舊帕子來，若不是領我深意，單看了這帕子，又令我可笑；再想令人私相傳遞與我，又可懼；我自己每每好哭，想來也無味，又令我可愧。如此左思右想，一時五內沸然炙起。黛玉由不得餘意綿纏，令掌燈，也想不起嫌疑避諱等事，便向案上研墨蘸筆，便向那兩塊舊帕子上走筆寫道：「眼空蓄淚淚空垂，暗灑閑拋卻為誰？尺幅鮫綃勞解贈，叫人焉得不傷悲！」其二：「拋珠滾玉只偷潸，鎮日無心鎮日閒。枕上袖邊難拂拭，任他點點與斑斑。」其三：「彩線難收面上珠，湘江舊跡已模糊，窗前亦有千竿竹，不識香痕漬也無？」林黛玉還要往下寫時，覺得渾身火熱，面上作燒，走至鏡臺揭起錦袱一照，只見腮上通紅，自羨壓倒桃花，卻不知病由此萌。一時方上床睡去，猶拿著那帕子思索，不在話下。

林黛玉對舊手帕的感悟，概括而言有以下要點：第一，可喜者，寶玉領會了她的苦意：戀情。第二，可悲者，這戀情不知有何結局。第三，可笑者，旁人參不透寶玉送舊手帕的癡情表達。第四，可懼者，男女私相傳授是嚴重違背禮教的行為。第五，可愧者，因為自己好哭，這手帕難不成是專門送來擦眼淚的？這樣的喜、悲、笑、懼、愧相糾結的複雜情緒，終將瀟湘妃子逼到了「腮上通紅」「病由此萌」的境地。從負面來看，這是寶玉作孽，也是黛玉心魔自作孽；但從正面來看，這又是寶黛愛情拔樹撼石之力度和山負海涵之博大的完美體現。

然而，事情尚不止於此。黛玉為此還寫了詩，而且是不顧「嫌疑避諱等事」而寫了詩，而且是將淚水流淌的詩句寫在了舊手帕上。這三首詩的精魂是什麼呢？其實只有一個字：「淚」。或明寫淚，或暗寫淚，或寫現實之淚，或借典故寫淚，總之，這三首詩是用瀟湘妃子的「淚」浸泡而成的。而手帕，恰恰就是用來擦淚的，寶玉送來的舊手帕，就是專門用來擦拭多情女兒隔世的夙情之淚的。那淚珠兒，秋流到冬、春流到夏的淚珠兒，是陳舊的，也是新鮮的；是流淌的，也是凝結的；是眼中流的，也是心裏流的；是屬於黛玉的，也是屬於寶玉的；是可以擦拭的，也是永遠都無法擦拭的。這是林黛玉與賈寶玉的情結，也是絳珠仙草對神瑛侍者的償還。這使我們更為深刻地理解了寶黛二人相隔兩世的「木石前盟」：上輩子神瑛侍者用清水澆灌了絳珠仙草的軀體，這輩子瀟湘妃子用眼淚灌溉怡紅公子的靈魂！兩條舊手帕，竟然溝通了寶玉、黛玉的靈臺，竟然勾起了宿世還淚的神話，竟然成為一束火炬，在沉沉黑夜中燃燒，並照亮了癡男怨女的心扉，同時也昭示著他們的前路。舊手帕之能量、舊手帕之蘊含、舊手帕之魅力，可謂大矣！

這才是舊手帕的描寫超出肉體的「貼身」而飛向靈魂的「無垠」的形而上的飛騰和超越！

儘管《紅樓夢》中的舊手帕可能源自《巫夢緣》中的舊汗巾，而《巫夢緣》中的舊汗巾又有可能源自《東周列國志》中的貼身物，但那夏姬的褻衣、寡婦的汗巾又豈可與怡紅公子的舊手帕同日而語？

這般心事有誰知！

婚姻・鬧劇・輕喜劇

婚姻是一種非常嚴肅的社會行為，來不得半點的虛偽和欺騙，如果在婚姻問題上自以為聰明而採取非常措施企圖達到損人利己的目的，其結果往往會搬起石頭砸自己的腳，不僅貽笑大方，甚至包羞含恨。

但是，從古到今的很多匹夫匹婦，卻偏偏要在婚姻問題上玩弄手段，賣弄聰明，而中國古代小說，又對這些自以為是的愚昧可笑之人進行了生動細緻的描寫，這就留下了一幕幕鬧劇、輕喜劇。

《醒世恒言》中有一篇《錢秀才錯占鳳凰儔》，就是一場婚姻鬧劇。這是發生在當時的一件實事，其本事見於《情史・吳江錢生》：

> 萬曆初，吳江下鄉有富人子顏生，喪父，未娶。洞庭西山高翁女，有美名。顏聞而慕之，使請婚焉。高方妙選佳婿，必欲覿面。而顏貌甚寢，乃飾其同窗表弟錢生以往。高翁大喜，姻議遂成。顏自以為得計。及娶，而高以太湖之隔，必欲親迎，且欲誇示佳婿於親鄰也。顏慮有中變，與媒議，復浼錢往。既達，高翁大會賓客。酒半，而狂風大作，舟不能發。高翁恐誤吉期，欲權就其家成禮。錢堅辭之。及明日，風愈狂，兼雪。眾賓俱來慫恿，錢不得已而從焉。私語其僕曰：「吾以成若主人之事，神明在上，誓不相負。」僕唯唯，亦未之信也。合卺之三日，風稍緩。高猶固留，錢不可，高夫婦乃具舫自送。僕者棹小舟，疾歸報信。顏見風雪連宵，固已氣憤，及聞錢權作新郎，大怒。俟錢登岸，不交一語，口手併發。高翁聞而駭焉，解之不能，乃堅叩於旁之人，盡得其實。於是訟之縣官。錢生訴云：「衣食於表兄，唯命是聽。雖三宵同臥，未嘗解衣。」

官使穩婆驗之，固處子也。顏大悔，願終其婚，而高翁以為一女無兩番花燭之理。官乃斷歸錢而責媒，錢竟與高女為夫婦。錢貧儒，賴婦成家焉。

這個故事是婚姻鬧劇的模式之一，某人由於自身條件不佳，請人冒名頂替去相親、迎親，最後弄假成真，李代桃僵，為他人娶得佳婦。故而，在《錢秀才錯占鳳凰儔》這一篇的最後，開明的官府寫下了這樣的判詞：「高贊相女配夫，乃其常理；顏俊借人飾己，實出奇聞。東床已招佳選，何知以羊易牛；西鄰縱有責言，終難指鹿為馬。兩番渡湖，不讓傳書柳毅；三宵隔被，何慚秉燭雲長。風伯為媒，天公作合。佳男配了佳婦，兩得其宜；求妻到底無妻，自作之孽。高氏斷歸錢青，不須另做花燭。顏俊既不合設騙局於前，又不合奮老拳於後。事已不諧，姑免罪責。所費聘儀，合助錢青，以贖一擊之罪。尤辰往來煽誘，實啟釁端，重懲示儆。」

馮夢龍對這個故事頗為青睞，不僅將其改編為擬話本小說，而且將其本事收到《情史》之中，並且還進一步介紹這篇小說被同時作家改編為戲劇作品的情況：「小說有《錯占鳳凰儔》。顏生名俊，錢生名青，高翁名贊，媒為尤辰。縣令判牒云：……沈伯明為作傳奇。」此處所謂沈伯明就是沈自晉，伯明為其字。他是江蘇吳江人，沈璟族侄，素為馮夢龍所推重。其《望湖亭》傳奇，即據《吳江錢生》改編。該劇開場「家門大意」介紹的故事梗概如下：

【滿庭芳】萬選錢生，羨芸窗篤志，感格文星。閨淑白英高氏，二八娉婷。顏秀偕遊，妙香陡遇傾城。倩少梅、頻頻作伐，高公欲面覿郎君。伯雅自慚貌醜，託子青表弟，代往相親。復浼錢生迎娶，天阻良辰。強令合巹，操德行誓保清名。望湖亭，令公明斷，成全百歲姻盟。(《望湖亭》第一齣）

更有意味的是，清代擬話本小說《躋春臺》，居然模仿「吳江錢生」的故事，寫成了一篇《錯姻緣》的小說。故事大概為貪官王瑩，與恩人張瑛結了娃娃親。但王家兒子長「到十七八歲，如七八歲樣，起坐行動要人拉抱，極其呆蠢」。為了騙得未過門的兒媳婦張素貞，王瑩收買縫紉師胡二的兒子胡培德代替自己的兒子前去迎親。也是因為一連幾天的大雨，胡培德結親而不同床，終於露餡。最後，發生了下面一幕：

張跳起曰：「原來如此，你們做些詭計，把我當作傀儡，這還了

> 得！天殺的王瑩！你父子莫得我，不知死在那裡，有啥官做，就如此傷天敗理，如今做出這場把戲，教我如何見人？」……張氣急便欲撞腦，他妻拉進屋去，謂曰：「此事不錯已錯，我看此子儒雅，又有把持，到還可取，不如將錯就錯，招他為婿。」……張忽悟曰：「一言提醒夢中人，如此極好。」出謂培德曰：「此事就打死你，也難解我之憂，好好好，把你莫奈何，今把女兒配你。」……培德曰：「只要爹媽應允，我莫說的。」張瑛命人去告胡二，胡二喜得欲狂，也不要請，即來張家面允其事。（卷四《錯姻緣》）

與「吳江錢生」不同的是，最後憤怒的並非那個求人冒名頂替的醜男子，而是美女的父親。個中原因很簡單，因為這個冒名頂替的俊俏男兒出身太過低賤，只是一個手工業者，在古代的四民「士農工商」中屬於三等公民，與新娘他爹張老爺的一等公民地位相比，當然是高攀了。所幸在妻子的「教導」之下，張老爺很快回嗔作喜，稀裏糊塗地認可了這門婚事，這樣，就將一場可能演變為悲劇結局的婚姻變成了輕喜劇的效果。而讀者和作者一起，就從中得到了一次諷刺、鞭撻居心不良而弄虛作假者的審美滿足。

以上那種騙婚方式，行騙方是主動的、別有用心的，因此，在「公正廉明」的作者們筆下，這些人最後是賠了夫人又折兵的。但還有一種婚姻方面的詐騙行為卻是出於無奈，或者是一種被動的急中生智。如下面這個故事：

> 嘉靖間，崑山民為子聘婦。而子得痼疾，民信俗有沖喜之說，遣媒議娶。女家度婿且死，不從。強之，乃飾其少子為女歸焉，將以為旬日計。既草率成禮，父母謂子病不當近色，命其幼女伴嫂寢，而二人竟私為夫婦矣。逾月，子疾漸瘳。女家恐事敗，紿以他故，邀假女去，事寂無知者。因女有娠，父母窮問得之。訟之官，獄連年不解。有葉御史者，判牒云：「嫁女得媳，娶婦得婿。顛之倒之，左右一義。」遂聽為夫婦焉。（《情史．崑山民》）

女家明明知道將自己如花似玉的女兒嫁到病婿之家，風險極大。這一「沖喜」，沖得好是「喜」，沖得不好可就是家破人亡。因為，一個病重的男孩面對美貌的新娘子，無異於要他的殘生性命。因此，這種「沖喜」多半是沖而不喜的。但這樣一來，那新娘子可不就立馬變成了新寡婦？故而，女方家長為了維護女兒的利益，不得已裝扮兒子代姐姐出嫁。在女方家長看來，如果沖喜成功，再換回來也無傷大雅；如果沖喜失敗，則女兒並未過門，與病婿拜堂的可是小舅子。儘管我們也認為女方家長的這種做法是極端自私的，但這種自私只是為了自保，利己而不損人，與上面那種騙婚行為還是有質的區別的。因此，這種故事往往會有一個皆大歡喜的結局。馮夢龍也是這樣看的，於是他老先生不僅將這個《崑山民》的故事收入《情史》，而且還大筆一揮，將它改編為擬話本小說《喬太守亂點鴛鴦譜》，成為「三言」中足以與《錢秀才錯占鳳凰儔》相提並論的輕喜劇姊妹篇。而且，最後改葉御史為喬太守，那判詞也寫得叮叮噹當，朗朗上口：

> 弟代姊嫁，姑伴嫂眠。愛女愛子，情在理中。一雌一雄，變出意外。移乾柴近烈火，無怪其燃；以美玉配明珠，適獲其偶。孫氏子因姊而得婦，摟處子不用逾牆；劉氏女因嫂而得夫，懷吉士初非衒玉。相悅為婚，禮以義起。所厚者薄，事可權宜。使徐雅別婿裴九之兒，許裴政改娶孫郎之配。奪人婦人亦奪其婦，兩家恩怨，總息風波。獨樂樂不若與人樂，三對夫妻，各諧魚水。人雖兑換，十六兩原只一斤；親是交門，五百年決非錯配。以愛及愛，伊父母自作冰人；非親是親，我官府權為月老。已經明斷，各赴良期。(《醒世恒言·喬太守亂點鴛鴦譜》)

不僅如此，馮夢龍還在《情史·崑山民》篇後頗為得意地宣傳這篇擬話本小說：「小說載此事。病者為劉璞，其妹已許裴九之子斐政矣。璞所聘孫氏，其弟孫潤，亦已聘徐雅之女。而潤以少俊代姊沖喜，遂與劉妹有私。及經官，官乃使孫劉為配，而以孫所聘徐氏償裴。事更奇。」

榜樣的力量是無窮的。經過馮夢龍反覆張揚之後，喬太守那妙趣橫生的判詞，成為了最具人性特色和審美效果的「花判」，被後世小說學習、傚仿。且以清代的一部擬話本小說為例。該篇寫一位八十老翁娶二十少婦，女子與少年書生偷情，被里中惡少發現而糾纏敲詐，及至撲捉鳴官。結果，卻被一個姓尹的太監學習喬太守，以「情」為旨歸，弄了一個更為絢爛的「花判」：

> 遂寫出審語道：「審得鄔瑰，一皤然叟也，憑媒馬便，繼娶秦氏，年僅二旬，而瑰則已望八矣。秦以白頭難守，遂與書生聞人傑為桑濮之期。一雙兩好，瑰亦不得而主之。惡棍查仁等，朋謀詐，撲捉鳴官，夫鄉鄰毆鬥，不煩披髮攖冠，矧私室綢繆，何勞剪此朝食。梟黨刁橫，難逭杖警。鄔瑰以枯藤纏嫩蕊，安能琴瑟之調？秦氏學

嫦娥愛少年，宜叫桃夭之詠。聞人傑過在行奸，猶幸終成和局。馬便罪同劫盜，難逃杖贖明條。秦氏斷給聞生，原聘追償鄔瑰。但聞人（傑）以懸磬之家，力難措處，而本監捐養廉之資，權與代償。拿奸鐵鍊，竟為繫足紅絲；風流問官，暫作牽繩月老。律以原情，免供逐出。」審語非筆做完，掌案吏當堂朗讀一遍，各犯悅服。秦氏、聞生，感激不勝。一概逐出退堂。天下聞知。俱稱尹監為風月主盟，且贊長才清察。（《載花船》卷三第十回）

此處之尹監原名尹若蘭，乃一宮女。武則天賜名尹進賢，並授以極大權力：「給敕一道，總督天下兵馬、錢穀、鹽鐵、屯漕、學校、水利等事，兼防隱逸遺賢，募召技勇，賜尚方劍，先斬後奏，司禮監太監，自在京樞務大臣以下皆聽節制，又撥小監四十人跟隨。」（《載花船》卷三第九回）實際上，尹監訪查天下的真正目的卻是為女皇武則天「選龜」。孰料這位女扮男裝的欽差大臣，到任後主要做了兩件大事：一件見上述，做了風月主盟，判定聞人傑與秦氏的風流案件；另一件更是膽大包天，居然自己找到一位如意郎君于楚，相攜逃走。

其實，像尹若蘭這種行為，在現實生活中是很難取得成功的，但老百姓希望她成功；進而言之，像上述二類婚姻輕喜劇的故事，在現實生活中也頗為罕見，但老百姓希望它常見。詛咒假醜惡、讚揚真善美，唾棄矯情、歌頌真愛，這都是思維健康者的常情常態。故而，情教教主馮夢龍及其徒子徒孫，就為我們創造或渲染了這一個個婚姻愛情的輕喜劇，讓讀者於工作、學習、生活得疲勞萬分的時候，得到一份精神享受，在這美妙而輕鬆的心靈港灣中來一番小憩。

勞動者有勞動的權利，勞動者也有休息的權利。

馮夢龍等，就是讓勞動者休息的藝術大師。

讓人在愜意中休息，正是這些輕喜劇作品最大的美麗！

痛打壞男人的勇敢女子

當今社會，對女性有很多褒揚的詞彙，如女丈夫、女強人、女漢子等等，但在封建時代，最流行的卻是「弱女子」這種稱謂。殊不知弱女子的概念是帶有非常充分的中國特色的，尤其是中國封建社會的特色。何以言之？因為女子沒地位，沒有政治地位、經濟地位、社會地位。沒有地位就要受到欺侮，家庭暴力、社會暴力，多半是男性施之於女性，女子無法反抗或反抗無效，於是就體現出弱勢。當然，這個「弱」字，也指身體之弱，但更重要的還是指的地位之弱而導致的精神之弱、性情之弱。如若不然，為什麼當今社會女子身體也未見得強過男人，反而會產生「女漢子」和「妻管嚴」之類的說法呢？

在封建時代的眾多弱女子中，最「弱」的還是那些無依無靠的女人。因為在當時，女人是靠男人養活的，故而，沒有男人庇護的女人就是最弱的弱勢群體，如寡婦，如棄婦，如男人長期出門在外的「守活寡」的女人。中國古代戲曲中經常描寫這種受欺凌的弱女子，如《竇娥冤》中的竇娥，《秋胡戲妻》中的羅梅英就是典型例證。前者是寡婦，後者是丈夫長期服兵役的「軍屬」，因為這種特殊的生活環境，她們都受到了社會中邪惡勢力的欺侮，流氓無賴張驢兒就來調戲竇娥，惡霸地主李大戶企圖強佔羅梅英。而且，這兩個壞男人居然都在弱女子面前動手動腳施展流氓行為。在這萬分屈辱的時刻，兩位弱女子表現了她們不同凡響的「以暴抗暴」。她們勇敢地將壞男人狠狠推倒在地，使他們惱羞成怒而又無可奈何。且看他們遭受打擊後的心態：

（張驢兒云）這歪剌骨！便是黃花女兒，剛剛扯的一把，也不消這等使性，平空的推了我一交，我肯乾罷！就當面賭個誓與

你：我今生今世不要他做老婆，我也不算好男子！（《竇娥冤》第一折）

（李云）甚麼意思？娶也不曾娶的，我倒吃他搶白了這一場，又吃這一跌，我更待乾罷！（詩云）只為洞房花燭惹心焦，險被金榜擂槌打斷腰。（《秋胡戲妻》第二折）

雖然這兩個惡徒異口同聲地表示「我肯乾罷」「我更待乾罷」，而且後來也採取了報復行為，但是我們的兩位勇敢的女性全不畏懼，繼續抗爭，用自己的勇敢捍衛自身的尊嚴。

處於社會下層的弱女子變成勇敢女性以後的反抗鬥爭往往是直截了當的，因為她們除了勇氣和膽量之外，實在沒有任何能夠依託的靠背。而處於社會中上層的女性卻不一樣了，她們有靠山，可以借助靠山的力量來打擊那些圖謀不軌乃至喪盡天良的壞男人。明清小說中對這種借助外力維護尊嚴而打擊壞男人的閨中裙釵有不少精彩的描寫。且看下面兩例：

因叫侍妾在龍架上取過一柄金如意，親執在手中，立起身來說道：「張寅調戲御賜才女，奉旨打死！」說罷，提起金如意，就照頭打來。把一個張寅嚇得魂飛天外，欲要立起身來跑了，又被許多侍妾拿住。沒奈何，只得磕頭如搗蒜，口內連連說道：「小姐饒命，小姐饒命！我張寅南邊初來，實是不知，求小姐饒命！」山小姐那裡肯聽，怒狠狠拿著金如意，只是要打。（《平山冷燕》第十八回）

莫司戶直入私宅，新人用紅帕覆首，兩個養娘扶將出來。掌禮人在檻外喝禮，雙雙拜了天地，又拜了丈人、丈母，然後交拜禮畢，送歸洞房做花燭筵席。莫司戶此時心中，如登九霄雲裏，歡喜不可形容，仰著臉昂然而入。才跨進房門，忽然兩邊門側裏走出七八個老嫗、丫鬟，一個個手執籬竹細棒，劈頭劈腦打將下來，把紗帽都打脫了，肩背上棒如雨下，打得叫喊不迭，正沒想一頭處。莫司戶被打，慌做一堆蹭倒，只得叫聲：「丈人，丈母，救命！」只聽房中嬌聲宛轉分付道：「休打殺薄情郎，且喚來相見。」眾人方才住手。七八個老嫗、丫鬟，扯耳朵，拽胳膊，好似六賊戲彌陀一般，腳不點地，擁到新人面前。司戶口中還說道：「下官何罪？」開眼看時，畫燭輝煌，照見上邊端端正正坐著個新人，不是別人，正是故

妻金玉奴。莫稽此時魂不附體，亂嚷道：「有鬼，有鬼！」眾人都笑起來。(《喻世明言‧金玉奴棒打薄情郎》)

第一例中的小姐名叫山黛，是宰相的女兒，因為一首白燕詩名動京城，被皇帝御賜「才女」名頭，並欽賜一柄金如意，專打天下壞男人。正因為有這樣的天下第一靠山，山小姐才能手持金如意打盡天下用心不良、行為不端的「官二代」「富二代」以及幫閒篾片、無恥文人。相比較而言，第二例中的金玉奴就可憐多了。她的父親雖然有錢，卻是個「丐幫領袖」。為了抬高門楣，也為了給女兒找一個好丈夫，這位金團頭無償資助了窮書生莫稽。誰料莫稽應試高中，選官以後，覺得娶丐幫領袖的女兒為妻丟人現眼，於是在上任途中將金玉奴推到水中。可憐的金玉奴被莫稽的頂頭上司所救，認為義女，終於找到了一個不錯的靠山。於是，理所當然地發生了洞房花燭夜金玉奴棒打薄情郎的一幕。

山黛和金玉奴雖然分別對不同身份的壞男人實行了強烈的打擊，某種意義上也讓讀者吐了一口惡氣，但總讓人覺得她們是背靠大山的出擊，力度再大也並不令人感到有多少值得欽佩的地方。尤其是後一例，金玉奴雖然打了莫稽一頓，但最後還是和好了，這樣一種調和的結局令人大倒胃口。按照現在的觀點，我想，是沒有任何一個女性願意接受這樣的結局的。因為，莫稽的罪行太重，他已經不是簡單的拋棄髮妻，而是犯了故意殺人罪，只不過因為客觀原因犯罪未遂而已。按照今天的法律，莫稽應該負刑事責任，應該坐牢，司戶的官兒肯定更是當不成了，還談什麼破鏡重圓？所以，金玉奴棒打薄情郎，雖然打得熱鬧，實際上卻是一種力度最小的打擊，最沒意思的打擊，連作者都覺得有點啼笑皆非，難道讀者沒有看見書中「眾人都笑起來」了嗎？多麼乏味！

那麼，有沒有真正大快人心，並且又能讓弱女子揚眉吐氣的動人故事呢？當然有！且看出身社會下層的弱女子是怎樣憑藉自己的膽氣向著黑暗而險惡的環境拼身一擊的。

一夜西南風，清早到了黃泥灘。差人問沈瓊枝要錢。沈瓊枝道：「我昨日聽得明白，你們辦公事不用船錢的。」差人道：「沈姑娘，你也太拿老了！叫我們管山吃山，管水吃水，都像你這一毛不拔，我們喝西北風！」沈瓊枝聽了說道：「我便不給你錢，你敢怎麼樣！」走出船艙，跳上岸去，兩隻小腳就是飛的一般，竟要自己走了去。兩個差人慌忙搬了行李，趕著扯他，被他一個四門斗裏打了一個仰八叉。扒起來，同那個差人吵成一片。(《儒林外史》第四十一回）

沈瓊枝是一個窮教習的女兒，被揚州巨商宋為富騙娶為妾，在孤立無援的情況下，她當機立斷，衝出富商之家，逃往南京，靠賣文和刺繡為生，過著自食其力的生活。後來，他的「丈夫」動用「夫權」，買通官府，江都縣差人到南京捉拿沈瓊枝。面對兩個差人在路上對她的敲詐勒索，沈瓊枝進行了堅決的抵制和抗爭，她居然大打出手，以性命相搏，將那橫行霸道的衙門公差「打了一個仰八叉」。這種出現在兩百多年前的一部現實小說中的弱女子的行為，該是多麼離奇，多麼獨特，多麼解穢，多麼令人愜意啊！

如果說，沈瓊枝是為了維護自己的利益和尊嚴而勇敢地挑戰社會、挑戰現實的話，那麼，下面這位同樣出身社會下層的中年婦女的勇敢和膽氣卻是為了保護自己的女兒。

王媽媽正然紡線，忽聞外面拍門甚凶，遂急忙出房來至大門內，把街門開放，望外一瞧，見一群人，人叢中有一乘馬之人，正是在園外偷看女兒的，暗想：「今日必然禍事臨門了。」忽見張虎子惡狠狠望門內闖，王媽媽大怒罵道：「狂徒，小兔崽子，你望那裡蹟？」王媽媽劈面一巴掌，把張虎子打在那門框上，腦袋崩得「咯噔」一下，又用力往外一推，張虎子摔出五六步去，只跌的「咳喲」一聲，只跌的哼哼站不起來。那些莊客家丁見此光景，誰敢近前。(《八賢傳》第十五回）

這位王媽媽，真正是非俠客的巾幗豪傑。面對「一群」歹徒，這「一個」孤立無援的女性憤然一擊，將自己的一切置於腦後。面對這樣的女性，一切讚美之詞都找不到合適的位置，也失去了恰如其分的功用。

筆者只能說一句話，王媽媽強過上述所有的柔弱突變剛強的女性！

此中有真意，欲辨已忘言。

亂倫的理論

講究倫理綱常，是中華文明的一大特色。尤其是涉及兩性關係之綱常倫理，更為中國傳統道德所重視。在許許多多的古代小說作品中，對於謹守男女之間倫理綱常的正面形象作者往往極盡歌頌讚美之能事，《三國志通俗演義》中的關雲長秉燭夜讀，《水滸傳》中的武二郎抗拒嫂嫂色誘，都是典型的例子。而像《水滸傳》中之潘金蓮、潘巧雲、賈氏等淫婦，《東周列國志》中之齊襄公、衛宣公、陳靈公等昏君，則都是破壞倫理綱常的反面典型，對這些亂倫的男女，作者必然進行辛辣的諷刺和嚴厲的批判。

但也有特殊的例子。某些小說作者居然通過書中淫亂人物之口來「闡明」亂倫的理論，而且讓人看了以後，於哭笑不得之際又覺得不無道理。

> 這夫人停了半晌，方才叫道：「好心肝，好叔叔，好親夫，勝你哥哥千萬倍矣，這才是夫妻，如今就死也捨不得你了，定要與你做一對夫妻兒，方稱吾意。」浪子道：「叔嫂之分，怎的做得夫妻？」夫人笑道：「大元天子，尚收拾庶母叔嬸兄嫂為妻，習已為常，況其臣子乎？」浪子笑道：「君不正，則臣庶亦隨之，今日之謂也。」(《浪史》第三十六回)

《浪史》中的浪子和安哥（亦即文中所謂「夫人」）真算「浪」得可以，而且是一種亂倫的「浪」：叔嫂通姦。儘管安哥的丈夫鐵木與浪子並非親兄弟，浪子和安哥的行為也毫無疑問是一種亂倫，因為在古人心目中，朋友妻尚且不可欺，何況結義兄弟的妻室？然而，值得注意的更在於他們對亂倫的理解。既然連大元天子都能夠將庶母、叔嬸、兄嫂統統收用，那麼，做臣下的為什麼不能依樣畫葫蘆？上有好者，下必甚焉。這就是浪子所說的「君不正，則臣庶亦隨之」。如此一來，有了這樣的描寫，即便是為數不多的這種描寫，也就使得被人們看作淫穢之尤的《浪史》具有了些許別樣的意味，一種對社會上層的淫穢齷齪辛辣嘲諷的意味。須知，並不是所有的小說家都有這樣的見識和勇氣的。

浪子和安哥的話，自然有點兒「揭老底」的意味，但他們的認識較之於《紅樓夢》中的蓉哥兒而言，那可是小巫見大巫了。這位自己的老婆被父親爬灰而自己又與嬸娘、姨娘有染的蓉大公子沒有別的本事，就會張揚淫慾，並且是理論與實踐相結合的淫亂。

> 賈蓉又和二姨搶砂仁吃，尤二姐嚼了一嘴渣子，吐了他一臉。賈蓉用舌頭都舔著吃了。眾丫頭看不過，都笑說：「熱孝在身上，老娘才睡了覺，他兩個雖小，到底是姨娘家，你太眼裏沒有奶奶了。回來告訴爺，你吃不了兜著走。」賈蓉撇下他姨娘，便抱著丫頭們親嘴：「我的心肝，你說的是，咱們讒他兩個。」丫頭們忙推他，恨的罵：「短命鬼兒，你一般有老婆丫頭，只和我們鬧，知道的說是頑；不知道的人，再遇見那髒心爛肺的愛多管閒事嚼舌頭的人，吵嚷的那府裏誰不知道，誰不背地裏嚼舌說咱們這邊亂帳。」賈蓉笑道：「各門另戶，誰管誰的事。都夠使的了。從古至今，連漢朝和唐朝，人還說髒唐臭漢，何況咱們這宗人家。誰家沒風流事，別討我說出來。連那邊大老爺這麼利害，璉叔還和那小姨娘不乾淨呢。鳳姑娘那樣剛強，瑞叔還想他的帳。那一件瞞了我！」（《紅樓夢》第六十三回）

賈蓉不僅善於揭老底，而且善於聯繫現實。當他被丫鬟們擠兌得有點難受的時候，不禁以自嘲而又「他嘲」的口吻揭了歷史上亂倫淫慾的老底：「從古至今，連漢朝和唐朝，人還說髒唐臭漢」。與此同時，他還連自家的淫亂老底也揭了個透：「那邊大老爺這麼利害，璉叔還和那小姨娘不乾淨呢。鳳姑娘那樣剛強，瑞叔還想他的帳。」賈璉與父親賈赦的小妾有染，賈瑞垂涎嫂嫂王熙鳳，這在《紅樓夢》中都是非常明顯的事例，而且，像這樣的亂倫姦淫在賈府上上下下可謂司空見慣、習以為常，而且，賈母、焦大、尤氏、柳湘蓮對此都有言簡意賅的闡述和揭發，所有這些，白紙黑字，寫在《紅樓夢》中，讀者諸君自可檢閱。

其實，以上所言從安哥、浪子直到賈府諸人的關於亂倫淫慾的言論，說到底，還不算真正的深刻，只不過揭發、暴露、罵詈而已。真正能從根源上尋找問題之癥結的還是下面這位正與侄兒通姦的貴婦人。

> 玉壇照昨晚的樣子服侍尤氏睡下，自己也上了床。玉壇笑道：「世間無服之親，犯出偷情案來，不知與尋常有無分別？」尤氏道：「既是無服之親，自然就照尋常論，那有什麼分別？若有服之親，也要以親疏定擬。然世間亂倫一事，專出於名門世族，如男人拘束於縉紳書禮，不便出外浪遊，就不能趕那陌上桑中的鉤黨。至於女子，安居於內院深閨，無從倚門賣笑，就不能做出奔琴題葉的風流，只能在家就便偷情。所以亂倫之事往往出於名門大族。不要說那名門大族，就是當初隋煬帝，也曾烝於其母，齊襄公也曾淫於其妹，衛宣公也曾奸於其媳。種種亂倫，不一而足。何在乎我們的無服之親？」玉壇笑道：「如此說來，兒要無禮了。」(《載陽堂意外緣》第五回)

「亂倫之事往往出於名門大族」，這真是石破天驚的理論！何以致之？因為高牆大院阻擋了貴族青年男女的情感宣洩，因為獨守空閨激發了年輕女子的情感欲求，因為絕大多數年輕人的情感就是越壓抑越具反作用力的彈簧，因為一夫多妻制形成的「性浪費」，因為飽食終日無所用心造就的剩餘精力，因為魚兒就擺在饞嘴貓面前的方便，因為……。

好在這樣的封閉性的家庭結構越來越少了。

但要警惕，家庭的亂倫淫慾可能會社會化。

對敗家子的當頭棒喝

任何一個時代，任何一個國家，甚至小到一個單位、一個家庭，敗家子都是最可怕的毒瘤和最危險的潛在。因此，從古到今的家長、學校、官府直至最高統治者，都將如何培養接班人的問題視為首要任務。作為社會生活最敏感的神經的小說，當然也會反映這一重大社會問題。且看明代兩篇公案小說的描寫：

> 一日，父母乃呼柴勝近前，訓之曰：「吾家雖略豐，每思成立之難如昇天，復墜之易如燎毛，言之痛心，不能安寢矣。……」（《包龍圖判百家公案》增補第十一回公案《判石牌以追客布》）
>
> 撫州府崇仁縣吳嘉慶娶妻林氏，家頗殷富。生子郁文，年十八，慶為之娶雷氏為妻。夫妻和睦，孝順公姑。一日，慶謂郁文曰：「家中雖則優裕，吾思創業難若登天，覆敗易如燎毛。……」（《國朝名公神斷詳情公案》卷六《馮縣尹斷木碑追布》）

「成立之難如昇天，復墜之易如燎毛」，這真是最精警的治家格言。如果是相對敗家子而言，則更是當頭棒喝。其實，上面所引二例中的這兩位「兒子」——柴勝與郁文，都是很不錯的青年。然而，即便如此，做父親的也要防患於未然，用這種形象生動的「狠話」敲打敲打，兒子們才能聽話，勤勤儉儉做人家、老老實實過日子。但如果碰上真正的敗家子，那可就要長篇大論地教誨了。

> 話說人生在世，不過是成立覆敗兩端，而成立覆敗之由，全在少年時候分路。大抵成立之人，姿禀必敦厚，氣質必安詳，自幼家教嚴謹，往來的親戚，結伴的學徒，都是些正經人家，恂謹子弟。

譬如樹之根柢，本來深厚，再加些滋灌培植，後來自會發榮暢茂。若是覆敗之人，聰明早是浮薄的，氣質先是輕飄的，聽得父兄之訓，便似以水澆石，一毫兒也不入；遇見正經老成前輩，便似坐了針氈，一刻也忍受不來；遇著一班狐黨，好與往來，將來必弄的一敗塗地，毫無救醫。所以古人留下兩句話：「成立之難如登天，覆敗之易如燎毛。」言者痛心，聞者自應刻骨。（《歧路燈》第一回）

李綠園的《歧路燈》，正如它書名所標誌的，是一盞掛在正走向人生歧路的敗家子心頭的指路明燈。產生於清代乾隆年間的《歧路燈》，簡直就是一部集敗家子之大成的小說。該書主要寫孝廉之子譚紹聞，拋棄學業、混跡於市井無賴、賭徒妓女之中。直到他悔過自新，決定重新做人而進入科考場中時，仍然被鄰里鄉親議論：「譚相公明明是個老實人，只為一個年幼，被夏鼎鑽頭覓縫引誘壞了。又叫張繩祖、王紫泥這些對象，公子的公子，秀才的秀才，攢謀定計，把老鄉紳留的一份家業，弄的七零八落。如今到了沒蛇弄的地步，才尋著書本兒。已經三十多歲的人，在莊稼人家，正是身強力壯，地裏力耕的時候；在書香人家，就老苗了。中什麼用裏。」（第八十七回）與之氣味相投的還有布政使後裔盛希僑，「十九歲了，新娶過親來，守著四五十萬家私，隨意浪過」。（第十五回）其實，上面提到的夏鼎、張繩祖、王紫泥等人本身也是各自家庭的敗家子，只不過他們在敗了自家後又引誘別人敗家，就像為虎作倀一樣。

更有意味的是，不僅《歧路燈》中寫了這麼多的敗家子，而且在與之同時出現的《儒林外史》、《紅樓夢》中也擁有大批量而又形形色色的敗家子。

《儒林外史》中的杜少卿是一個典型的敗家子，且看他的堂兄杜慎卿對他的評價：「伯父去世之後，他不上一萬銀子的家私，他是個呆子，自己就像十幾萬的。紋銀九七他都認不得，又最好做大老官，聽見人向他說些苦，他就大捧出來給人家用。」（第三十一回）他堂兄的話還算是客氣的，至於鄰縣名流高翰林對杜少卿的批判，那簡直就是破口大罵了：

這少卿是他杜家的第一個敗類！……混穿混吃，和尚、道士、工匠、花子，都拉著相與，卻不肯相與一個正經人！不到十年內，把六七萬銀子弄的精光。天長縣站不住，搬在南京城裏，日日攜著乃眷上酒館吃酒，手裏拿著一個銅盞子，就像討飯的一般。不想他家竟出了這樣子弟！學生在家裏，往常教子侄們讀書，就以他為戒。

每人讀書的桌子上寫一紙條貼著，上面寫道：「不可學天長杜儀。」（第三十四回）

至於《紅樓夢》，既是一個苑域，也是一個泥潭，是女兒花的苑域，也是敗家子的泥潭。在筆者這篇談論敗家子的文字中，《紅樓夢》中的女兒花暫不開放，但敗家子卻不妨被列舉。這裡有「終日惟有鬥雞走馬，遊山玩水而已。雖是皇商，一應經濟世事，全然不知」（第四回）的薛蟠；這裡有「國孝家孝之中，背旨瞞親，仗財依勢，強逼退親，停妻再娶」（第六十八回）的堂國舅爺賈璉；還有父子聚麀，狼狽為奸的賈珍、賈蓉；還有年過半百、覬覦母婢，奪人所愛、置人死地的賈赦；更有「參星禮斗，守庚申，服靈砂，妄作虛為，過於勞神費力，反因此傷了性命」（第六十三回）的賈敬等。至於那怡紅公子賈寶玉，「天下無能第一，古今不肖無雙」。（第三回）則是另一種類型的敗家子——封建大家族的叛逆子孫。

其實，敗家子與敗家子並不一樣。即如上述三部小說中那麼多的敗家子，如果從最大的層面劃分，則有「物質型」「精神型」兩大類。物質型的敗家子主要是從物質生活上，或曰是從經濟的層面上來敗壞自己家族利益的。他們在封建豪門的敗家子中占絕大多數，是非常普遍的一群。如《歧路燈》中的譚紹聞、盛希僑，《紅樓夢》中的薛蟠和賈府的紈絝子弟等。以上所說的必須當頭棒喝的對象，多半就是這種物質型的敗家子。而《儒林外史》中的杜少卿和《紅樓夢》中的賈寶玉則在敗家子中頗為另類。他們主要是從精神領域敗壞了封建的「家」，從某些特殊的角度給封建傳統思想以猛烈的衝擊，從精神上宣告了家世利益的貶值乃至破產。不過，相比較而言，杜少卿身上多少兼有些物質型敗家子的成分而已。

物質型的敗家子，無論在什麼時代，無論處於什麼意識形態占主流地位的社會背景，無論在何種道德評判的「語境」中，永遠都是被人唾棄和譴責的。而精神型的敗家子則另當別論。

然而，這已經涉及另一個問題，並非本文的題目可以包括。

共時的眾生相

在現實生活中，往往會出現這樣一種狀態：當某一件與大家相關的事情在公眾場所發生時，在現場的每一個人都會有各自不同的表現。對於敘事文學的作者而言，能否成功地描繪同一場景中的眾人不同神態，堪稱考驗藝術功力和寫作水平的試金石。文學史上那些大腕作家，往往能迎難而上，一筆寫出同一場景中栩栩如生的眾生相。而小說作家相對其他文體的作者而言，更擅長這種表述方式。

但是，我們還是先來看看詩歌、戲曲中這方面的例子。因為正是這些成功的範例影響了後世的小說作家們。

在古代詩歌中，民歌最擅長這種共時的多神態描寫，漢樂府民歌《陌上桑》就是典型例證。該篇寫美女羅敷的閃亮登場，居然引來了共時的轟動效應：「行者見羅敷，下擔捋髭鬚；少年見羅敷，脫帽著帩頭。耕者忘其犁，鋤者忘其鋤。來歸相怨怒，但坐觀羅敷。」

羅敷的美，感動了各行各業的老老少少，當然，都是男性。俗話說，秀色可餐。有美當前，而沒有心旌搖動的只可能是兩種人：偽君子和弱智兒。其實，這兩種人也會被美色打動，只不過不能或者不敢以正常的方式表現出來而已。正常的表現者雖然有著共同的基點——躁動，但不同身份的人的表現自然各有風采。老成者停下來捋捋髭鬚，較為文雅；年輕人則興奮得帽子飛揚，顯得比較狂躁；勞動者全都忘了勞作，扶著犁耙，拄著鋤把，盯著美女飽看一頓。民歌的作者通過各種人物的專注、忘我，傳形傳神地烘托了羅敷的無比美麗。

但這裡有一個小小的問題，羅敷是出現在田野之間的，因此，欣賞她而得意忘形的也只能是世俗的普通路人。如果做一個超常的試驗，將羅敷請進寺院，對那些佛子高僧們是否也有審美誘惑呢？還真有人這麼幹了！金代有一位姓董的書生，人稱「董解元」，他塑造了一位新時代的羅敷——鶯鶯，並且讓這位相國家小姐在一個偶然的機會走進了佛法的殿堂，於是，出現了下面一幕：

> 【雪裏梅】諸僧與看人驚晃，瞥見一齊都望。住了念經，罷了隨喜，忘了上香。選甚士農工商，一地裏鬧鬧攘攘。折莫老的、小的，俏的、村的，滿壇裏熱荒。老和尚也眼狂心癢，小和尚每挼頭縮項。立掙了法堂，九伯了法寶，軟癱了智廣。【尾】添香侍者似風狂，執磬的頭陀呆了半晌，做法的闍黎神魂蕩颺。不顧那本師和尚，聒起那法堂。怎遮當？貪看鶯鶯，鬧了道場。（《西廂記諸宮調》卷第一）

「諸宮調」是一種輪番運用諸多宮調所統屬的套曲聯合起來演唱一個完整故事的藝術形式，除了唱曲部分以外，也夾雜有說白部分，堪稱走進瓦舍勾欄的民歌。董解元利用諸宮調這種藝術形式來演唱《西廂記》的故事，最為得意之筆就是塑造了一個大不同於唐代元稹《鶯鶯傳》中的嶄新的崔鶯鶯形象。這位內美與外美合一的鶯鶯，本來是在普救寺為父親做水陸道場的，不料，她剛剛出場拈香，就引起了「老的、小的，俏的、村的」各種和尚的注目，大家全身心地投入到她的身上，忘記了手上的工作，忘記了身邊的一切。就連那些圍觀的俗人，也讓時空在這一瞬間凝固，讓情感以不同的狀態放縱奔流。這美女真是偉大，她能讓數以百計的僧俗之眾「貪看鶯鶯，鬧了道場。」這作者更是偉大，他能如此活靈活現地寫出同一時空的千姿百態的眾生相。

金元之際，由諸宮調再往前發展一步，就產生了元雜劇這種新的綜合藝術形式。在表現形式向前發展的同時，鶯鶯的故事也向前發展，更為有趣的是，對鶯鶯的美貌能在同一時空感動眾生的描寫藝術居然也同步發展。元雜劇著名作家王實甫在改造董解元《西廂記》諸宮調而為《西廂記》雜劇時，沒有忘記對「崔鶯鶯鬧道場」這一「共時的眾生相」的情景描寫的藝術改進。

> （眾僧見旦發科）（末唱）【喬牌兒】大師年紀老，法座上也凝眺；舉名的班首真呆僗，覷著法聰頭作金磬敲。【甜水令】老的小的，

村的俏的，沒顛沒倒，勝似鬧元宵。稔色人兒，可意冤家，怕人知道，看時節淚眼偷瞧。【折桂令】著小生迷留沒亂，心癢難撓。哭聲兒似鶯囀喬林，淚珠兒似露滴花梢。大師也難學，把一個發慈悲的臉兒來朦著。擊磬的頭陀懊惱，添香的行者心焦。燭影風搖，香靄雲飄；貪看鶯鶯，燭滅香消。（《西廂記》第一本第四折）

「王西廂」的這段描寫，與「董西廂」相應的描寫有所不同。最主要的一點乃在於「董西廂」的描寫是敘事人的視角，而「王西廂」的描寫則是張生的特定視角。這就使這一饒有意味的片斷具有了更高程度的主觀性、張生的主觀性感受。張生是被鶯鶯的美麗所震撼的，但這次的「崔鶯鶯鬧道場」，使張生更為深刻地意識到，鶯鶯美貌所引起的震動完全可以等同於一次小小的「地震」，因為她造成了凡生活在這一場景中的所有的成年男子的「共振」。這樣，王實甫的「崔鶯鶯鬧道場」這一「共時的眾生相」的情景描寫就產生了一長一短兩個效果：從短期效果來看，讓張生對鶯鶯之美更為傾倒，當然就會增加追求的力度，如此，則作者有戲好寫，觀眾和讀者也就更有戲好看了；從長期的效果來看，那就是將這種活靈活現描繪「共時的眾生相」的寫法作為經典而長留在中國古代文學史尤其是俗文學史上，從而，給中國古代小說的寫作造就了一個美好的借鑒、學習的楷模。

筆者看來，通俗小說中最早成功運用這種「共時的眾生相」的寫法的當屬明末小說家董說。這位性格怪異的作家在他魔幻而又現實的作品《西遊補》中寫了一個前所未有的眾士子爭看出榜的場面：

頃刻間，便有千萬人，擠擠擁擁，叫叫呼呼，齊來看榜。初時但有喧鬧之聲，繼之以哭泣之聲，繼之以怒罵之聲。須臾，一簇人兒各自走散：也有呆坐石上的；也有丟碎鴛鴦瓦硯；也有首發如蓬，被父母師長打趕；也有開了親身匣，取出玉琴焚之，痛哭一場；也有拔床頭劍自殺，被一女子奪住；也有低頭呆想，把自家廷對文字三回而讀；也有大笑拍案叫「命，命，命」；也有垂頭吐紅血；也有幾個長者費些買春錢，替一人解悶；也有獨自吟詩，忽然吟一句，把腳亂踢石頭；也有不許僮僕報榜上無名者；也有外假氣悶，內露笑容，若曰應得者；也有真悲真憤，強作喜容笑面。獨有一班榜上有名之人：或換新衣新履；或強作不笑之面；或壁上題詩；或看自家試文，讀一千遍，袖之而出；或替人悼歎；或故意說試官不濟；

或強他人看刊榜，他人心雖不欲，勉強看完；或高談闊論，話今年一榜大公；或自陳除夜夢讖；或云這番文字不得意。（第四回）

這樣的場面描寫，這樣的「共時的眾生相」的描寫，這樣的散點透視而又渾然一體的描寫，在中國小說史上應該說是一種創造，當然，是借鑒了兄弟藝術形式諸宮調、雜劇之後的推陳出新的創造。它的場面較之「董西廂」「王西廂」都要大了許多，而且，除了能很好地展現一群人不同的形態之外，還具有強烈的諷刺意味。就筆者所知，董說的這種創造性在中國古代小說史上是「空前」的，但可惜並不「絕後」。因為在董若雨的後面還有一位更偉大的作家曹雪芹。於是，這種「共時的眾生相」的描寫也就讓如果數十年後重返人間的董說有了「既生瑜何又生亮」的感歎。說到這裡，不妨請諸位暫洗尊眸，來看看曹雪芹為我們留下的這一段神來之筆的描摹：

賈母這邊說聲「請」，劉姥姥便站起身來，高聲說道：「老劉，老劉，食量大似牛，吃一個老母豬不抬頭。」自己卻鼓著腮不語。眾人先是發怔，後來一聽，上上下下都哈哈的大笑起來。史湘雲撐不住，一口飯都噴了出來；林黛玉笑岔了氣，伏著桌子噯喲；寶玉早滾到賈母懷裏，賈母笑的摟著寶玉叫「心肝」；王夫人笑的用手指著鳳姐兒，只說不出話來；薛姨媽也撐不住，口裏茶噴了探春一裙子；探春手裏的飯碗都合在迎春身上；惜春離了坐位，拉著他奶母叫揉一揉腸子。地下的無一個不彎腰屈背，也有躲出去蹲著笑去的，也有忍著笑上來替他姊妹換衣裳的，獨有鳳姐鴛鴦二人撐著，還只管讓劉姥姥。（《紅樓夢》第四十回）

曹雪芹這段描寫借鑒的是誰？或許是董說，或許是王實甫、董解元，但無論如何，《紅樓夢》中這段描寫卻將揭示「共時的眾生相」的寫法推向了極致。僅以此段與《西遊補》中的那一段相比，就可以發現，這後來居上者寫那同一場景中的不同人物又有了很大的進步：由較為死板到更加靈活，由較為表面化到更加內在化，由人物的形態描寫深入到人物的神態描寫，由對人物的類型化展現提高到對人物的個性化展現。一句話，《西遊補》中那一段成功地描寫了在「發榜」的後果震動下的「各類人物」的形態反映，而《紅樓夢》的這一片斷則更為成功地描摹了在劉姥姥處心積慮而又出其不意地「出乖露醜」之後被刺激的「各個人物」的動態的神情流露。

《紅樓夢》以後，這種「共時的眾生相」的描寫片斷還一而再再而三地出現，而模仿《紅樓夢》寫一人出醜後眾人笑態的片斷之亦步亦趨者以張春帆筆下的一段描寫最為突出：

蕭靜園更是好笑，他聽見宋子英說他們是「曲辮子」，他雖然不懂，卻牢牢的記在心中，私自拉著宋子英問道：「你剛才說的『曲辮子』是個什麼東西？我的辮子是剛在棧房裏頭叫剃頭的打得好好兒的，怎麼一回兒就得彎呢？」宋子英不聽此言猶可，聽了他這般說法，忍不住笑得前仰後合，拍手彎腰，眼淚都笑出來了。章秋谷更笑得蹲在地下，立都立不直，氣多透不過來。王黛玉也笑得格格支支的，把一方小手巾掩緊了口，兀自笑得伏在桌上，幾乎要滾入宋子英懷中。房間裏娘姨大姐等人，一個個都笑不可仰。好一會，大家才止住笑聲。蕭靜園還不懂他們笑的是他，鼓著腮幫子，一付正經面孔問道：「你們為什麼這般好笑？說了些什麼東西，怎麼我一句也聽不出來呢？」（《九尾龜》第五十八回）

這樣的描寫，只能說是將場景從侯門深閨移向了平康北里，將人物由小姐夫人變換為嫖客花魁，此外，並沒有什麼發明創造，反而不如《紅樓夢》靈動。還有一種情況，不是一人出醜之後（不管有意無意）引起眾人共時的笑態，而是某人講了一個笑話而引發這種效果。同樣是晚清章回小說的《海上塵天影》告訴我們，其作者鄒弢也有這方面的本領：

知三道：「一個先生在人家處館，六月裏偶然在門縫裏，張見東家用的大丫頭，在房裏洗澡，滿身雪白，這個陰戶還沒有毛，看了實在可愛。這時候先生還沒有妻室，要想娶他，同東家說，東家猶豫不決。從此，先生日日去望這個丫頭。一日，又見他在那裡洗陰戶。先生正在張望，恰被東家撞見了。東家便發話道：『你原來為這個，要想娶他，這也容易，你把他這洗陰戶的水喝完了，我便把這丫頭捨你。』先生聽見東家心許了，要想這個丫頭，也沒法，只得答應。東家等這丫頭洗完了，便叫先生進去，說：『連腳底穢污都要吃乾的。』先生只得慢慢的都吃完了，真真肚子裏頭脹了一飽。東家便把這個丫頭送了辭館。先生帶著回去，恩愛得狠，不到十年，生了四位小姐，小女也是四歲了。家中房子窄，床鋪少，母女五個人睡在一床，先生要想造百姓，也不方便了。一日，正是熱天，先生獨睡在小榻上，起來要想去幹那件事，把床上帳揭開，看見師母同四個小姐，都精赤條條，仰臥睡著。先生看並無自己藏身的空隙，遂歎了一口氣，做詩起來說：『當初懊悔吃屄湯，一到如今屄滿床。四口小屄分四角，當中一個大屄王。』」說得眾人哈哈大笑，無不灣腰曲背。柔仙笑得揉著肚子，一手指著知三，說：「促狹鬼，撕去你的嘴。」連地上立的俊官，把壺裏酒也篩了出來，篩得柔仙一背心。柔仙回頭看了大罵，俊官慌忙連著替他換衣服，柔仙只得走到更衣處換了，俊官還替他擦背。（第四十二章）

這個笑話自然是無聊之極、下流至極。當然，它也只適合於晚清上海十里洋場的妓院之中。從這一點出發，鄒弢的趣味與張春帆正在伯仲之間，他們不能望曹雪芹之項背。但是，就描寫「共時的眾生相」這一點而言，他們卻都是曹雪芹的亦步亦趨者。這至少增加了作品的生動性。

除了寫眾人笑態模仿《紅樓夢》之外，這種「共時的眾生相」也寫到其他場合，而且作品還不少。但不客氣地說，都沒有能超過曹雪芹筆下，甚至較之《西遊補》中的士子看榜一段也稍遜一籌。不信，請看以下三則：

分付家僮將車上所載盛《遇合集》每人各送一部。七八個家僮將書解開，挨排的派去。也有將手接的，也有搖手不要的，也有揭開看一葉二葉就止的，也有看了點頭點腦的，也有看到好處手之舞之的，也有看不出扯他人去問的，也有說：「雖不識字，也好將來糊窗壁、紮甏頭、包東西。」亂了兩個時辰，書已散完。子昂立起身來，哈哈一笑，移步下座，自回寓所。（《飛英聲．破胡琴》）

青衣人入殿裏，蘭吉在外。便見門前樹一聯大鐵板對，寫十個字曰：「萬惡淫為首，百行孝為先。」看見好多人，有的坐轎，有的騎馬，有的坐車，有的坐囚籠，有的披枷帶鎖。有擺手擺臂而來，有垂頭喪氣而至。看見殿內出者，有的歡天喜地，有的苦泣悲啼，有著大袍大褂而去，有著爛衫爛褲而行。有披牛皮馬皮者，有披狗皮羊皮者。世上所有之物，即陰間所有之形。（《俗話傾談二集．生魂遊地獄》）

話說當日清靜和尚，頭破血流，僵臥不起，辦事諸人亂成一團。有的忙把和尚扶起來，坐在地上；有的覓了一張粗紙，替和尚拭去面上的血；有的大呼速去買些傷藥來；有的呆若木雞，一言不發；有的說速去至查府送信。紛紛擾擾，手足無措。（《紳董現形

記》第四回）

這些描寫，不僅又回到了《西遊補》中的對同一場景中不同人物狀態的「分類」描寫，缺少個性化特色，而且，就「也有」或「有的」這些狀態來看，反倒不如《西遊補》那樣酣暢淋漓、絢麗多姿。

由此可見，中國文學史、尤其是中國小說史的演進並不一定都是呈現逐步上升狀態的，它也有迴旋反覆，甚至會出現反轡回潮的現象。

牛皮哄哄與出乖露醜

歷史上著名的英雄人物西楚霸王項羽，在明末小說《西遊補》中，被董說先生狠狠地諷刺了一把。《西遊補》雖然只有短短的十六回，但其中的現實反照和哲理蘊涵卻異常深刻。尤其有趣的是，美猴王跑到古人世界變成虞美人，遇見楚霸王，而楚霸王在喝了幾杯酒後，竟然拉著「愛妃」的手，喋喋不休地吹起牛皮來。

> 當時項羽又對行者道：「美人，我今晚多吃了幾杯酒，五臟裏頭結成一個魂磊世界。等我講平話，一當相伴，二當出氣。」行者嬌嬌兒應道：「願大王平怒，慢慢說來。」項王便慷慨悲憤，自陳其概；一隻手兒扯著佩刀，把左腳兒斜立，便道：「美人，美人，我罷了！項羽也是個男子，行年二十，不學書，不學劍，看見秦皇帝矇瞳，便領著八千子弟，帶著七十歲范增，一心要做秦皇帝的替身。」（第七回）

項羽這次牛皮吹的時間很長，從自己八千子弟起兵吹起，經歷殺宋義、戰章邯、震諸侯、入關中，一直吹到消滅秦朝，不料，他的這種牛皮哄哄的態度，居然引起了孫大聖變成的愛妃虞姬的揶揄、調侃：

> 「他們打扮得停停當當；俺的烏騅馬去得快，一跨到了面前。只聽得道旁叫：『萬歲爺！萬歲爺！』俺把眼梢兒斜一斜；他又道：『萬歲爺爺！我是秦皇子嬰，投降萬歲爺爺的便是。』俺當年氣性不好，一時手健，一刀兒蘇蘇切去，把數千人不論君臣，不管大小，都弄做個無頭鬼。俺那時好耍子也！便叫：『秦皇的幽魂，你早知今日！』」……項羽道：「既是美人不睡，等我再講平話。」行者道：

「平話便講，如今不要講這些無顏話！」項羽道：「怎麼叫做無顏話？」行者道：「話他人叫做有顏話，話自己叫做無顏話。」（《西遊補》第七回）

「話他人叫做有顏話，話自己叫做無顏話」，假虞姬的這句話可是真見識。是呀，吹噓別人最多是個拍馬，更多的則是一種敬佩和羡慕，吹噓自己則純粹是自高自大，是吹牛皮。因此，面對楚霸王的「無顏話」，孫行者要嗤之以鼻。實際上，這也代表了讀者大眾對這種自以為是的牛皮大王的極端不滿。

其實，中國古代小說中描寫的牛皮大王形象絕非楚霸王一個，各社會階層都有這種人物，形形色色、牛氣哄哄。有趣的是，每當這號人物大吹一陣牛皮之後，小說作者總是忍不住要讓他們當場出乖露醜，從而達到強烈的諷刺效果。為了說明問題，我們不妨將社會各階層的例子各舉一些。先看一個地方大員在軍隊大會上的牛皮：

那時玨齋一人站在中央，高聲道：「我們今天是到前敵的第一日，說不定一二天裏就要決戰，趁著這打靶的閑暇，本帥有幾句話和大家講講：你們看本帥在湘出發時候，勇往直前，性急如火，一比從天津到這裡，這三個多月的從容不迫，遲遲我行，我想一定有許多人要懷疑不解。大家要知道，這不是本帥的先勇後怯，這正是儒將異乎武夫的所在。本帥在先的意思，何嘗不想殺敵致果，氣吞東海呢！後來在操兵之餘，專讀孫子兵法，讀到第三卷謀攻篇，頗有心得，徹悟孫子所說『不戰而屈人之兵』的道理，完全和孟子『仁者無敵』的精神是一貫的，所以我的用兵，更上了一層，仰體天地好生之德，不願多殺人為戰功，只要有確實把握的三大捷，約斃日兵三五千人，就可借軍威以行仁政，使日人不戰自潰。今天發布的告示和免死牌，就是這個戰略的發端。但你們一定要問本帥大捷的把握在哪裏呢？本帥不是故作驚人的話，就在這場上打靶的三百虎賁身上，本帥練成這虎賁營，已經用去了一二萬元的賞金，這打靶的規則，立著五百步的小靶，每人各打五槍，五槍都中紅心，叫做全紅，便賞銀八兩；近來每天賞銀多至一千餘串，一勇有得銀二三十兩的，可見全紅的越多了。這種精技，西人偶然也有，決沒有多至數百人；便和泰西各國交綏，他們也要退避三舍，何況區區日本！所以本帥只看技術的成否，不管出戰的遲速；槍炮的精良，湘勇的勇壯，還是其次。勝仗擱在荷包裏，何必急急呢！到了現在，可已到了爐火純青的氣候，正是弟兄們各顯身手的時期，本帥希望弟兄們牢牢記著的訓詞，只有『不怕死，不想逃』六個大字，不但恢復遼東，日本人也不足平了。本帥的話，也說完了。我們還是來打一次練習的靶，仍舊是本帥自己先試，以後便要實行了。」(《孽海花》第二十五回)

書中所寫的這位玨齋，名叫何太真，實際影射的是現實生活中的湖南巡撫吳大澂。對於這位現實真實人物或者書中人物形象的整體表現如何，我們且不做評價，僅就這次牛皮而言，卻是吹得夠大的。可謂從古吹到今，從中吹到外，從士兵吹到將軍，從兵法吹到獎賞，雖然有些鼓舞士氣的作用，但畢竟有些誇大其詞、無邊無際。尤其是「便和泰西各國交綏，他們也要退避三舍，何況區區日本」這樣的話，真正是沒有做到知己知彼，只能視為一種狂言。當然，這位吳大帥倒也是真有些本事的人，吹牛完畢之後，他還是輔以實際行動的印證的。他自己帶頭連發五槍，果然五發五中。然而，正在吳大帥洋洋自得的時候，大煞風景之事卻突然發生了：

話說玨齋在田莊臺大營操場上，演習打靶，自己連中五槍，正在唱凱歌，留圖畫，志得意滿的當兒，忽然接到一個廷寄，拆開看時，方知道他被御史參了三款：第一款逗遛不進，第二濫用軍餉，第三虐待兵士。樞廷傳諭，著他明白回奏。(《孽海花》第二十六回)

那腐敗的清廷，居然給意氣昂揚的封疆大吏迎頭一瓢冷水，這當然是令人甚為遺憾的事實。但是，下面這一位聖僧對賊人牛皮哄哄的一瓢冷水卻又有些兒大快人心的意味了。

正說著話，外面楊明一聲叫喊：「好賊人，真乃大膽。今有威鎮八方楊明在此。」眾賊人一聽大亂。本來楊明的名頭高大，故此群賊一亂，皂託頭彭振說：「眾位別亂，都有我呢。看我略施小術，保管來一個，拿一個。來兩個，拿兩下。」這句話尚未說完，群賊出來一瞧，見濟公一溜歪斜，腳步倉皇，口念「阿彌陀佛。善哉善哉」。皂託頭彭振，萬花僧徐恒，也不吹牛了。他兩個人先自逃生。群賊都知道濟公在鐵佛寺法門鐵佛，神通廣大。大眾焉敢動手，群賊全往房上躥。濟公用手一指，口念「唵，敕令赫」。用定神法定了十六

個賊人。（《濟公全傳》第九十九回）

「看我略施小術，保管來一個，拿一個。來兩個，拿兩下。」江湖強盜吹牛皮口氣很大，但是也很直截了當，沒有什麼藝術性。而喝了幾瓶墨水的文人吹起牛皮來，那可就是一種「藝術」了。當然，最終由於有「藝術」而無「學術」，終究還是被人揭了老底。

匡超人道：「我的文名也夠了。自從那年到杭州，至今五六年，考卷、墨卷、房書、行書、名家的稿子，還有《四書講書》、《五經講書》、《古文選本》——家裏有個帳，共是九十五本。弟選的文章，每一回出，書店定要賣掉一萬部，山東、山西、河南、陝西、北直的客人都爭著買，只愁買不到手；還有個拙稿是前年刻的，而今已經翻刻過三副板。不瞞二位先生說，此五省讀書的人，家家隆重的是小弟，都在書案上，香火蠟燭，供著『先儒匡子之神位』。」牛布衣笑道：「先生，你此言誤矣！所謂『先儒』者，乃已經去世之儒者，今先生尚在，何得如此稱呼？」匡超人紅著臉道：「不然！所謂『先儒』者，乃先生之謂也！」牛布衣見他如此說，也不和他辯。

匡超人牛皮雖然吹得大了點，但實際上他還是有文化的。至少，他對八股文頗為內行，曾經受到當時八股文大選家馬二先生的薰陶，並且後來甚至有青藍之勝。雖然他那八股迷的嘴臉有點兒令人感到討厭，但他畢竟還算貨真價實的八股中人，也喝了一點墨水，而下面這位烏龜兒子出身的金漢良可就更王八蛋了。

那一年聯軍進京，開了捐例，秦晉順直，甚是便宜。他忽然發起官興來，到處託人，替他捐了一個試用知縣，加了三班銀兩，分發直隸。他捐了這個官十分高興，登時就戴起水晶頂子，拖著一條花翎。每逢城內有什麼婚喪喜事，他無論向來認得認不得，一概到場，為的是好搖擺他晶頂花翎的架子。也有幾個通品鄉紳，見他那種不中款式的樣兒，甚是可笑，便問他這五品頂戴可是知縣上的加銜？他就大聲答道：「兄弟這個頂戴，是五年之前，山東開辦黃河口子，撫臺奏保兄弟的虛銜，兄弟這個知縣倒是在這五品頂戴上加捐的，所以他們這一班新捐知縣的人，誰也沒有兄弟這個面子！」那問的人幾乎笑了出來，知道他是個初出茅廬的人，不好意思同他辯

論，只好走了開去，告訴別人，個個把他當作笑談。（《九尾龜》第十三回）

對官場規矩一竅不通，甚至連官階品級都弄不清楚，只憑著養父留下的幾個爛錢捐了官，卻要在官場中廝混，居然還敢吹牛皮胡說八道。像金漢良這種人，根本就是無恥之尤的人渣。雖然他裝扮成文化人的樣子，結果是越裝成文化樣就越沒有文化。還有更比金漢良有過之而無不及者，那種低素質的衲子羽流，真正是文化人中的另類乃至敗類。

王老道見蒼頭已經信了他的話，又聽說是個公子，心裏想著：「既這等官宦人家來請，何不裝出些作派來？」你看他對著蒼頭說道：「我王半仙也不是吹牛誇口，天下妖怪不用說準能手到便除，他一聽見我的法號，大約先就害怕，欲想逃跑。無奈你家幼主被妖纏迷已久，空畫幾道符，你拿去將妖退了，怕那病人不能驟然見效。莫若我親身走一次，兩宗事就可以俱無妨礙了。然捉妖治病倒不費難，就怕用的東西過多，有些花費，你們捨不得破鈔。再者，我給你們將妖擒住，治好病症，咱們也先說個明白。不然，如今人情反覆的多，過了河便拆橋，看完了經就打老道。我實對老頭兒說罷，我是叫人家撘怕了。我今先給你開個單兒，你拿回去同你們公子也商量商量。如要真心情願，我作神仙的人亦不肯難為你，披給你二成賬，叫你也彩彩。常言說，一遭生，兩遭熟。倘日後你們再鬧妖精，再得大病，我也好拉個主顧。那時還重重的補付你呢！今兒這件事，你只管聽我囑咐辦去，我也不能過於自抬聲價，留點人情日後也好見面。」（《狐狸緣全傳》第十一回）

這位羽流中的敗類，牛皮吹得震天響，目的很清楚，就是為了賺錢。你看他一連串的心理活動，以及裝出來的「做派」，始終圍繞著一個「錢」字打轉轉。吹牛撒謊，造謠誆騙，甚至無恥到收買老蒼頭，答應給回扣的地步，並希望拉回頭客。總之，當今商場中一切無恥行徑，在他那兒都運用自如。對於這樣的人物，我們的小說作者當然是會毫不含糊地給予諷刺批判的，必定要讓他自己打自己的嘴巴，當場出醜。他不是要「親自走一遭」「將妖擒住」嗎？結果呢？讓妖給擒了、戲了！

此時玉狐那裡肯放，只聽呼哨了一聲，眾妖烘然而至。玉狐便吩咐道：「這樣無知野道實在可惱！眾姊妹同來收拾這雜毛兒，別要輕饒恕他！免的他常管閒事，誆騙愚民。」眾妖答應一聲，齊現了一樣的面目形容，打扮的俱是百蝶穿花粉紅袍兒，長短肥瘦一般無二。王半仙一見，唬的就似土塊擦屁股，迷了門子。真是上天找不著路，入地摸不著門，迷離迷糊站在那裡，與燈謎一般貼牆而立，等著挨打。眾妖全是滿臉怒色，各持一根荊條。玉面狐上前用手一指，說道：「你別裝憨咧，你也鬧夠了，也該我們收拾收拾你咧。」說罷，走過去便先扯住道袍大領兒。王老道以抵對不敢支持，指望趁勢一躺，將妖精撞個跟頭。誰知妖精身體靈便，往後一閃，倒把自己摔了個仰八角子。眾妖見他跌倒在地，便去揪鬍子的，撕嘴的，捏鼻子的，扯腿的，先揉撮了一頓。然後拿起荊棍一齊向他下半截，刷刷刷猶如雨點是的一般亂抽混打。王老道仰翻在地，四肢朝天，滿口裏破米糟糠只是亂罵。（《狐狸緣全傳》第十二回）

這個王半仙老雜毛，這次可吃虧大了，在妖精們面前，他威風掃地，顏面盡失。終於被打翻在地，沾了一身的土氣，使得這位土得掉渣的半仙再也不能在半空中自由自在地翱翔了。

說罷最土的牛皮客，我們再一個筋斗翻到十里洋場的大上海，看看假洋鬼子是怎樣吹牛皮的，不！應該說是看看他怎樣吹「洋」皮。

法盧道：「道臺的雪茄，隨你怎樣，總是店家的市品，阿拉那裡吸得慣！阿拉平日吸的煙，都是外國人送給我的。」龍吟道：「外國人的煙，難道不是買來的麼？」法盧道：「阿拉行裏的外國人，你道是誰？其是大美國皇帝的嫡親大舅東，大美國皇后就是其同胞阿妹東，其的雪茄煙，都是各國進貢給大美國皇帝，大美國皇帝分賞其的呢。你想我吸慣了這種煙，道臺的煙，怎麼還吸得下？當時我與道臺講了一回話，天恰晚了，我就辭著要走。道臺死活拖住我，定要留我吃飯，我卻不過情，只得留下。這席菜是本廚房辦的，燕窩、鴿蛋、魚翅、海參、熊掌、猴腦，沒一樣不備。我吃得醺然大醉，道臺還把自己坐的馬車，送我出城的呢。」龍吟道：「法翁真闊極，令人羨慕不已。」法盧道：「個巴道臺希什麼罕！阿拉朋友多的很，南京制臺、蘇州撫臺，都與我自家人一般，要好得非凡，月月有信來往呢。」正說著，忽見一個二十多歲、穿著淡藍竹布長衫的小夥子，直闖進來，向法盧道：「阿法哥，你倒在這裡開心。我那一處沒有找到，管事喊你去呢。問你今天便壺為什麼不洗，外國人在跳了，仔細吃外國火腿！」那位買辦便喏喏連聲，跟著這小夥子去了。龍吟不覺大笑，問刁邦之道：「方才這寧波老，不是做西崽的麼？吹得好大的牛皮！」（《新上海》第三十九回）

好一個法廬西崽，抽的是外國皇帝用過的雪茄煙，吃的是燕窩、鴿蛋、魚翅、海參、熊掌、猴腦，所交的朋友則是南京制臺、蘇州撫臺，個把道臺根本不放在眼裏。但是，這一切都是他對中國人「說」的。那麼，他對外國人「幹」的又是什麼呢？還是他的同伴說得清楚：「管事喊你去呢。問你今天便壺為什麼不洗，外國人在跳了，仔細吃外國火腿！」原來，與其耳鬢廝磨的是便壺，他吃得最多的是「外國火腿」。這樣一個低賤到骨髓的洋奴，卻在自己的同胞面前那樣地洋洋得意、目空一切、自吹自擂，這正是中國國民性最猥瑣的一面，也是我們這個民族不徹底脫胎換骨便無法自立於世界民族之林的關鍵點。

更為有趣的是，我們剛剛提到的那位金漢良，那位花錢買來的「父母官」，忽然也跑到十里洋場去混了一把，而且還弔上了大上海四大金剛之一的金小寶，而且還吹上了「金牛皮」。

那金漢良不知好歹，索性把喉嚨提高了一調，高談闊論起來道：「不瞞你們眾位說，金小寶在上海灘上是一個有名氣的倌人，排在四大金剛之內。你們請想，要不是他色藝兼全，那裡數得著他呢？兄弟此番到了上海地方，也不過要鬧些名氣，所以就做了小寶，沒有再去做過別人。小寶的看承兄弟，也是竭力張羅，十分巴結。論起小寶的為人來，雖然沒有什麼脾氣，卻總有些紅倌人的性情，往往一個不高興，免不得就要得罪客人，獨有我做兄弟的到了小寶院中，無論如何煩惱，總是笑面相迎，從沒有得罪過一句。」說到此處，又笑嘻嘻的低聲說道：「就是攀相好的時候，也沒有花費什麼銀錢，那許多要好的情形真是一言難盡。想眾位在這件事兒之內，都是些過來人，也用不著兄弟細說的了。」這一席話尚未說完，檯面上的一眾客人早已笑聲盈耳。金漢良全然不覺，還在那裡手舞足蹈的數說金小寶如何要好，那樣多情。章秋谷實在忍不住了，把桌子猛然一拍，哈哈大笑道：「金漢兄，你還認著金小寶和你真心要好？敢是在那裡做夢麼？你坐了他一趟轎子，他就敲你四十塊錢的竹槓，還說了你無數尖刻的話兒。這也還罷了，今天你好好的叫他的局，竟自謝了不來，上海地方，可有這般規矩？你是小寶的恩客，尚且這般相待，那不是恩客的人又是怎樣？豈不更要受他的糟蹋麼？他吃了堂子飯，要是這樣的得罪客人，也不必做什麼生意了。金漢兄，我倒有一言相勸，你既然不懂，不必滿口胡吹，還是少說些兒為妙，這是我的金玉良言，你卻不須動氣。」這幾句話兒，把一個慣吹牛皮的金漢良說得頓口無言，羞得面紅耳赤，那頭上的汗就如荷葉上的露水一般往下亂滴。（《九尾龜》第四十回）

金漢良吹著金小寶帶色帶彩的「金牛皮」，不料卻被《九尾龜》作者張春帆的代言人章秋谷一把將他從五彩雲間拖到冰涼的地窖。儘管章秋谷這種「把桌子猛然一拍」的嘲諷有點當頭棒喝的味道，但實際上，像金漢良這樣的「金子撼動良心」的人是永遠也「棒喝」不醒的，因為他已經喪盡天良了，已經厚顏無恥了。而在當時的中國，在當時的大上海，這樣的無恥之徒實在不止一兩個、一二十個，甚至一二百個！從這個角度看問題，那些寫了十里洋場醜類牛皮哄哄而又出乖露醜的作家實在有些令人肅然起敬，因為他們將社會的病態暴露在光天化日之下。

暴露是批判的起點，批判是改革的起點，改革是進步的起點，進步是文明的起點。

中國古代小說，從作者的愛憎感情的角度考察，無非是「歌頌派」與「暴露派」兩端。就其發展趨勢而言，「歌頌派」明代強於清代，但越寫越差；而「暴露派」則清人超越明人，且越寫越好。就其社會效果而言，「歌頌派」讓人欣賞、給人以審美快感；而「暴露派」發人深思、給人以雋永的心靈觸動。

上述兩派是相輔相成的，也是相反相成的。

本篇講的就是後一派。

「高貴者」心目中的「賤命」

元雜劇作家們經常描寫一個特殊的人群——權豪勢要家的「衙內」。這其實就是當時的「官二代」，而且是混雜著民族壓迫的官二代。這些人物雖然頂著一個漢族的姓名，但那只是因為作品的背景多半是宋代，故作者不得已而為之。實際上，他們正是蒙古貴族和色目人中的官二代，尤其是那些立有「軍功」的蒙古貴族的官二代。這些權豪勢要家的衙內們，在社會中橫行霸道、為所欲為，尤其令人扼腕的是，他們視人命如草芥。例如：

> （淨扮葛彪上）（詩云）有權有勢盡著使，見官見府沒廉恥。若與小民共一般，何不隨他帶帽子？自家葛彪是也。我是個權豪勢要之家，打死人不償命，時常的則是坐牢。今日無甚事，長街市上閒耍去咱。（做撞孛老科云）這老子是甚麼人，敢衝著我馬頭？好打這老驢！（做打孛老死科下）（葛彪云）這老子詐死賴我，我也不怕。只當房檐上揭片瓦相似，隨你那裡告來。（下）（關漢卿《包待制三勘蝴蝶夢》第一折）

> （淨扮白衙內上，詩云）五臟六腑剛是俏，四肢八節卻無才。村入骨頭挑不出，俏從胎裏帶將來。自家白赤交的便是，官拜衙內之職。我是那權豪勢要之家，打死人不償命的。（高文秀《黑旋風雙獻功》楔子）

> （燕二云）兄弟，休要大驚小怪的。則他便是楊衙內，是個權有勢的人，打死人如同那房檐上揭一塊瓦相似。你和他打了這一操，他如今不來尋你，就是你的造化了。（李文蔚《同樂院燕青博

魚》第一折）

（淨扮龐衙內領隨從上詩云）花花太歲為第一，浪子喪門世無對。聞著名兒腦也疼，只我有權有勢龐衙內。小官姓龐名勣，官封衙內之職。我是權豪勢要之家，累代簪纓之子。我嫌官小不做，馬瘦不騎，打死人不償命。若打死一個人，如同捏殺個蒼蠅相似。（武漢臣《包待制智賺生金閣》第一折）

（淨扮劉衙內上詩云）花花太歲為第一，浪子喪門世無對。聞著名兒腦也疼，則我是有權有勢劉衙內。小官劉衙內是也。我是那權豪勢要之家，累代簪纓之子。打死人不要償命，如同房檐上揭一個瓦。（佚名《包待制陳州糶米》楔子）

（丑扮謝金吾上，云）我做衙內不糊塗，白銀偏對眼珠烏。滿城百姓聞吾怕，則我倚權挾勢謝金吾。小官謝金吾是也，官拜衙內之職。你道我是使著那個的權勢？我丈人是個王樞密，誰敢欺負我！我打死人，又不要償命，到兵馬司裏坐牢。（佚名《謝金吾詐拆清風府》楔子）

以上這些傢伙極端漠視生命，在他們看來，打死人不過是「房檐上揭片瓦相似」，不過是「捏殺個蒼蠅相似」，何以如此？因為當時的法律規定，他們「打死人不償命」，最多「到兵馬司裏坐牢」，而且被傷害人有冤無處申，「隨你那裡告來」！真是無法無天、囂張至極！

或許有人認為，戲劇舞臺上的這些故事，都是作家虛構的，有很大程度的誇張，不可能是現實生活的真實反映。然而，殘酷的現實完全否定了善良人們的美好願望。元代的社會現實，有時候比戲劇舞臺所描寫的還要黑暗。請看《元史》中的記載：「諸軍官驅役軍人，致死非命者，量事斷罪，並罷職，徵燒埋銀給苦主。」（卷一百三）「諸軍人在路奪人財物，又迫逐人致死非命者，為首杖一百七，為從七十七，徵燒埋銀給苦主。」（卷一百四）「諸蒙古人因爭及乘醉毆死漢人者，斷罰出征，並全徵燒埋銀。」（卷一百五）「諸軍官因公乘怒，輒命麾下毆人致死者，杖八十七，解職，期年後降先品一等敘，徵燒埋銀給苦主，若會赦，仍殿降徵銀。」（卷一百五）「諸故殺無罪奴婢，杖八十七；因醉殺之者，減一等。諸毆死擬放良奴婢者，杖七十七。諸謀殺已放良奴婢者，與故殺常人同。諸良人以鬥毆殺人奴，杖一百七，徵燒埋銀五十兩。諸良人戲殺他人奴者，杖七十七，徵燒埋銀五十兩。……諸地主毆死佃客者，

杖一百七，徵燒埋銀五十兩。」（卷一百五）

在這些元代的刑法條文中，都有某種人打死另一種人不償命的規定。但仔細看一下，就可以明白其中的規律：打死人不償命的多半是地位高的，或者是強者；而白白被打死的則往往是地位低的，或者是弱者。你看，軍官對於士兵，軍人對於百姓，蒙古人對於漢人，吃皇糧的對於平民，主子對於奴婢，概莫能外！而元雜劇中的那些權豪勢要，那些衙內，其實就是這些強勢方的綜合，他們打死弱勢方是可以不償命的，僅僅出點安葬費而已。這是元代法律所規定的，也是元代雜劇所反映的，可以肯定是真實的。

更為可怕的是，這種對原本應該平等的生命權的極不平等的規定，卻具有瘋狂的傳染力。明清兩代，這種高高在上的強勢方對低低在下的弱勢方的生命視作「草菅」的例子屢屢可見。我們先看一部晚清小說所寫的官府「賤視」平民生命的故事。

由於知縣黃大老爺失職，釀成二十九條人命的大血案。面對如此「群體」逝去的無辜生命，黃大老爺是怎麼秉公而斷或設法補救的呢？出乎讀者意料，竟然發生了下面這一幕：

> 黃大老爺正在那裡不得主意，……趕緊請了老夫子商議辦法。老夫子只是搖頭，黃大老爺也急了，急到後來，倒急出一個主意來，把桌子一拍道：「什麼大不得了，不過二十九條人命罷咧，我拚著一年泰安縣交結他，沒有不了的事，難道還不夠麼？」打定了主意，就照呼傳了夫役，輕騎簡從，連夜往小城進發。不到兩天已到了省城。（《活地獄》第三十六回）

後來，這位黃大老爺賄賂了撫臺大人，就有一個叫作鄭有資的人對兩位苦主說了這麼一番話：「你們二位再划算划算，不是我小看你們二位，你們二位家裏東西，至多值上四五百弔錢。且鄉下的房子地基還在，可以重造，不過死了幾個人罷咧。但是這個事，你們二位也要明白頭緒，並不是老爺沒有出差，連老爺的差也殺了，你們二位又是鄉董，這件事又不是一天兩天，上頭翻了臉，辦你們一個養癰成患的罪名，似乎也不算冤枉呢！老爺至多是個失察，撤了任，再重留緝，還會有別的餘波麼？況且做泰安縣的，你們也該有點耳風，不是上邊有點腳力亦做不到。他有萬把銀子去上下打點，怕有什麼處分，還要連升三級呢！」

結果呢，八千兩銀子擺平了二十九條人命。最令人觸目驚心的是從縣官黃大老爺到官府調停人鄭有資那種漠視生命的冷冰冰的說法：「什麼大不得了，不過二十九條人命罷咧。」「不過死了幾個人罷咧。」二十九條鮮活的生命，在他們的心目中不過像「蘿蔔白菜」「土人木偶」那樣「罷咧」！看到這裡，我們實實在在感覺到元雜劇中那些權豪勢要相對於晚清這些貪官污吏而言，不過小巫見大巫而已。

然而，還有更為可怕的。男性世界中這種高高在上的強勢方漠視低低在下的弱勢方生命的冰風毒霧居然傳染到內幃，那些狠心太太夫人對丫鬟婢女的生命同樣視為草芥。且看：

> 童奶奶差了小選子跑到兵部窪當鋪裏叫了狄希陳回家。狄希陳知是珍珠弔死，忙了手腳，計無所出，只是走投沒路。寄姐喝道：「沒算計的忘八！空頂著一頂屄巾子，有點知量麼！這弔殺丫頭，也是人間常事，唬答得這們等的！拿領席來卷上，鋪裏叫兩個花子來拉巴出去就是了，不消搖旗打鼓的！」（《醒世姻緣傳》第八十回）

> 曹義著急，只得踏上椅子，拔出身邊小刀，一手抱住雪姐，一手將條子割斷，雙手抱將下來，放在床上，將項上條子解下，已是直挺挺的，渾身冰冷，斷氣久矣！此時眾婦女已走起來，亂穿衣服，慌做一團。也有害怕發抖的，也有憐他落淚的，也有咒罵尤氏的。這回鬧得隔壁官店內，俱已知道，大家起來，聽說已是不能救了，曹二府只是跌腳歎氣，吩咐不許聲張；那尤氏聽得雪姐死了，甚是爽快道：「死了一百個，只當五十雙。買條蘆席捲去埋了就是了，何必這般大驚小怪！」（《雪月梅傳》第十回）

> 那碧桃被打得慘不可言，此時口也不能叫，身也不能動。那秦氏猶如虎狼一般，任意亂打，不肯少歇，又恨恨盡力打了一下，碧桃忽然大叫一聲，已嗚呼哀哉，魂魄已歸地府而去。原來這一下打在陰戶，所以大叫一聲就死。春梅道：「少奶奶，碧桃已死了，不要再打。」秦氏聞言，將門閂撥一撥動一動，不撥不動。秦氏道：「死了麼？拖了下去，叫家人用草席纏了丟在荒郊空地。」（《天豹圖》第十七回）

童氏、尤氏、秦氏，都是深閨少婦，都是官宦人家的主母，但對待身邊的丫鬟，她們殘忍冷漠的態度幾無二致，尤其是當那些可憐的「下人」已經被迫上弔自殺或者被活活打死的時候，這些「上人」的口吻居然是驚人地相似：「這弔殺丫頭，也是人間常事」，「死了一百個，只當五十雙」，「死了麼？拖了下去」！這真是對生命消逝的漫不經心的「輕描淡寫」。並且，她們善後處置的途徑又如出一轍：「拿領席來卷上，鋪裏叫兩個花子來拉巴出去就是了。」「買條蘆席捲去埋了就是了。」「叫家人用草席纏了丢在荒郊空地。」這簡直比元代那混帳的吃人的男性社會還不如，那裡還多多少少有點「燒埋銀」哩！這裡，卻只有一床蘆席了事！一床蘆席，可就是一條生命，一條生命的比價！

人性墮落到這種地步，與禽獸有什麼區別？

不過，我們卻一定得感謝從關漢卿到李伯元等「存名」或「佚名」的戲曲家和小說家，正是他們以藝術家的良知，讓我們知道了這一切！

現在的某些「藝術家」「美術家」「文學家」「小說家」們聽好了，你們有這樣的良知嗎？

「高高得中」時的醜態

「范進中舉」是《儒林外史》中最有名的片段，也是中國小說史上最具諷刺意味的章節。那麼，它是怎樣達到諷刺效果的呢？答曰，對當時場景中一切醜態予以諷刺。這一片段以「中舉」為核心事件，圍繞這一中心，作者寫了各色人等形形色色的表現，充分體現了各種不同的人性悲劇。其中，被諷刺得最為充分的是窮書生范進和市儈氣十足的胡屠戶這一對翁婿。我們先看范進聞聽自己中舉後的醜態：

> 報錄人見了道：「好了，新貴人回來了。」正要擁著他說話，范進三兩步走進屋裏來，見中間報帖已經升掛起來，上寫道：「捷報貴府老爺范諱進高中廣東鄉試第七名亞元。京報連登黃甲。」范進不看便罷，看了一遍，又念一遍，自己把兩手拍了一下，笑了一聲道：「噫！好了！我中了！」說著，往後一交跌倒，牙關咬緊，不省人事。老太太慌了，慌將幾口開水灌了過來。他爬將起來，又拍著手大笑道：「噫，好！我中了！」笑著，不由分說就往門外飛跑，把報錄人和鄰居都嚇了一跳。走出大門不多路，一腳踹在塘裏，掙起來，頭髮都跌散了，兩手黃泥，淋淋漓漓一身的水，眾人拉他不住，拍著，笑著，一直走到集上去了。（《儒林外史》第三回）

范進在科舉場中爬進爬出幾十年，到了五十多歲才得到一個秀才。俗話說：「窮秀才，富舉人」。何以如此？因為在明清時代，讀書人考上秀才，只能算「進學」，用現在的話講，就是具有某種學歷，除了能得到數量不大的國庫錢糧資助以外，再有最動人的一點就是可以不服勞役。其他方面，是沒有多大特權的，尤其是在經濟上並沒有徹底翻身。因為在當時，讀書人要想在經濟上由一個窮光蛋猛然變成小富豪，只有當官一條路。但是，一般的秀才是不能直接當官的。只有秀才中的佼佼者「貢生」，方能通過吏部排隊候選而進入官場，但一開始也只能當副縣級以下的八九品小官，多半是縣丞、縣尉以及教諭、訓導之類。但是，正常的貢生每縣每年也就個把指標，極難得到，就是得到了，還得同時符合另外一個條件——十年以上的「秀才齡」方能選得一官半職。因此，秀才離當官還遠著哩！舉人則不同了，只要鄉試得中，俗稱中舉，就有了諸多好處。例如，見了縣太爺不下跪，打拱而已；犯了錯誤不能用刑，只有革去功名以後方可施以鞭樸。更重要的是，如果某位舉人考不上進士或者不再想考進士了，僅以舉人身份便可到吏部候選，最高可以直接擔任縣令。也就是說，從理論上講，舉人的政治地位與縣令是平等的。故而，很多小說作品中對那種一旦中舉的人便馬上稱之為「老爺」。因為他已經具備了當官的資格。而當時社會中的各色人等，對於一位新進的舉人老爺，那可是尊敬到了幾點，吹吹拍拍，送東送西，賣身投靠，攀親敘舊，可以說是醜態百出。正因為有了這許多醜態的烘托，窮秀才一旦中舉，大多會有醜不堪言的表現，就好比當今的窮小子猛然間中了五百萬彩票似的，那刺激太強烈了！明白了這一點，我們就可以理解范進為什麼會「那樣」。

其實，醜不堪言的並非僅止於中舉者本身，還有他的親戚朋友，四鄰八舍乃至於稍稍沾邊的人都會不亦樂乎，甚至於會有種種反常的表現。

例如范進的岳父胡屠戶，當女婿中舉之前，將來借盤纏的窮書生罵了個狗血淋頭，但是，當女婿中舉之後，馬上改口稱「賢婿老爺」，當女婿喜極而瘋狂的時候，禁不住眾人的攛掇，一巴掌將新貴人打醒過來，結果呢？又來了下面這段更為惡劣的表演：

> 胡屠戶上前道：「賢婿老爺，方才不是我敢大膽，是你老太太的主意，央我來勸你的。」鄰居內一個人道：「胡老爹方才這個嘴巴打的親切，少頃范老爺洗臉還要洗下半盆豬油來。」又一個道：「老爹，你這手明日殺不得豬了。」胡屠戶道：「我那裡還殺豬！有我這賢婿，還怕後半世靠不著也怎的？我每常說，我的這個賢婿，才學又高，品貌又好，就是城裏頭那張府、周府這些老爺，也沒有我女婿這樣一個體面的相貌。你們不知道，得罪你們說，我小老這一雙眼睛卻是認得人的，想著先年我小女在家裏，長到三十多歲，多少有錢的富戶要和我結親，我自己覺得女兒像有些福氣的，畢竟要嫁與

個老爺，今日果然不錯！」說罷哈哈大笑。(《儒林外史》第三回)

《儒林外史》通過「范進中舉」的描寫，辛辣地諷刺了當時窮困的讀書人及其親屬在社會地位、生活狀況即將產生翻天覆地變化的一剎那，脆弱的神經實在受不了喜訊的衝擊而產生並強烈表現的種種醜態。這是吳敬梓對明清科舉制度的尖銳解剖，也是這位敏軒先生對中國小說史的巨大貢獻。

不錯，吳敬梓的諷刺藝術對中國古代小說史做出了巨大的貢獻，甚至可以稱之為中國古代小說史上成功運用諷刺手法的第一人。但是，吳敬梓並非是前無古人、後無來者的唯一一人。僅以對「中舉」的醜態描寫而論，早在《儒林外史》之前一百多年，就已經有小說進行了這方面的描寫。

> 到得鹿鳴宴過，謝了房師，回至維楊。就有一個富戶金仲開，要求通所譜。送著一所絕大的房子，價值千金。遂豎立旗竿，收了幾對僕婦，登時門庭赫奕，饋賀紛紜。當日先去拜著蘇拙庵，蘇拙庵直到門外相接，滿面堆笑道:「向時讀著吾兄文字，就道是必中之才。誰想今科果獲高捷。詎惟鄉閭拭目，實副當寧得人之慶。」即而茶過兩次，金生起身□□(告辭)，蘇拙庵一把挽住道:「老夫年近六旬，止生一女。雖云愚陋，頗有詠絮之才。只為老夫要求一個名士為婿，以致遴擇數年，尚未受聘。今以吾兄鄉闈高薦，必作明庭偉器。若把小女見字，可稱佳偶。意欲倩媒到宅，倒不如老夫面說的為妙。」金生道:「小侄家世微寒，駑駘下乘，幸藉朱衣暗點，遂獲濫竽南闈。老伯不以微賤而鄙棄於門牆之外，已出萬幸，豈敢望為東床坦腹。」蘇拙庵笑道:「少頃即以庚帖送上，幸勿過謙。」金生心下想起當日把他擯逐一番，意欲不允。卻為感念秀玉之情，便即許諾。仍託於三省作伐，擇吉送過聘儀，俱不消細說。(《珍珠舶》卷二第二回)

這段故事中的金生名宣，字集之，因眼界太高，二十多歲尚未曾議婚。後來，金生看上了養病在家的官員蘇拙庵的女兒秀玉，秀玉也對這位貧窮而高才的書生報以青眼。孰料在金生託人求親的時候，遭到了蘇拙庵的拒絕和擯逐。然而，世事瞬息萬變，金生忽然時來運轉，中了舉人，這一下，他與蘇拙庵可就都醜態百出了。你看蘇拙庵的表現，不僅「直到門外相接，滿面堆笑」，「一把挽住」，還積極、主動地親口答應婚事，甚至急不可耐地要「少頃即以庚帖送上」。金集之呢？乘機對準岳丈冷嘲熱諷：「老伯不以微賤而鄙棄於門牆之外，已出萬幸，豈敢望為東床坦腹。」甚至準備「不允」婚事，最後，還是看在未婚妻的份上，才「許諾」此事。可見，中舉對一個讀書人來說是何等重要之事，不僅婚姻問題，就是日常生活的方方面面，也會因為「中舉」而發生天翻地覆的變化。難道沒有看見嗎？金生中舉之後，「就有一個富戶金仲開，要求通所譜。送著一所絕大的房子，價值千金。遂豎立旗竿，收了幾對僕婦，登時門庭赫奕，饋賀紛紜」。從衣食住行到社會地位，全都鳥槍換炮了。在這樣巨大的反差面前，中舉者本人和身邊所有的「關係人」怎麼能夠不似傻如狂、癲瘋變態呢？

更有意味的是，這種對「中舉」帶來的醜態的描寫，並沒有發自《珍珠舶》而止步《儒林外史》，在晚清小說中，還有不少作品繼承並發展了這種寫法，且創造出若干「動人」的滑稽形象。先看三位讀書人的連鎖表演：

> 約摸也有上燈的時候，忽然門外喊了進來道：「伍老爺中了！」這時候伍老爺還在桌子上，正夾了一塊鴨子要吃，聽見說他中了，不禁心花怒放，卻故意做出平常的神氣，慢慢的道：「也好，也好。」就有人向他恭喜，他卻忘其所以，也不回禮，便把筷子上的鴨子往人家嘴裏直送，或是往人家耳朵裏直塞。大家看見他歡喜的沒有主意，便也不來招攬他。不多一刻，又報說是「陸老爺中了。」陸老爺早已推說肚子痛，躲在一旁，後來又被伍老爺一報，更是沒了主意，這時一聽見說是他中了，一跳就起，大家不由得哄然大笑，也循例的道了喜。話言未了，又報「戚老爺中了！」這戚老爺果然來的鎮定，臉上也沒有一點別致神氣。大家正在那裡佩服戚老爺還是那付神情，岑其身道：「不要慌，還早哩，現在才報到五十三名，還有一大半呢！我們今天一夜不睡，還要等五經魁呢！」說話之間，已不知戚老爺到那裡去了。岑其身便去找他，找到大門口，並未看見，只得回來。園子裏有一棵大槐樹，彷彿有個三尺高的東西在那裡，趕緊過去一看，原來就是戚老爺，一個人藏在樹背後發笑，笑得眼淚鼻涕都出來，彎著腰，想是揉肚子呢。岑其身不覺大笑，屋裏的人早已跟了出來。戚老爺卻是一笑不可收拾，趕緊想板過臉來，無奈五官都不聽差遣，只覺得一種快樂的滋味從心上直湧到臉上，喉嚨裏便不知不覺的笑了出來。看見大眾來看，他很有點不好意思，好容易收束住了，抖抖衣裳，仍回到大家房裏入座。（《糊

塗世界》卷之十二）

這個片段，一看就知道是小說家虛構的，因為世上的事不可能有這麼巧，同一個地方接二連三收到中舉捷報的三位新老爺居然按順序姓伍姓陸姓戚，諧音「五六七」。但是，我們同時也應該看到，這三人的姓氏作者可以隨心所欲地攤派，但三個人的醜態卻是萬分真實的。只有親眼看過、至少是親耳聽說過如此醜態的人，才能寫出醜態如此。並且，作者寫「五六七」三位老爺的醜態是各有特色的。伍老爺是掩蓋不住的裝模作樣，尤其是「把筷子上的鴨子往人家嘴裏直送」的動作最為傳神。明明內心樂得不知道自己是誰了，表面上卻還要「做出平常的神氣」。這樣的人，多麼可笑又多麼可惡。陸老爺呢？其表現的核心是先被別人中舉的喜訊所擊倒，而聽到自己的喜訊之後，居然像彈簧一樣在地上蹦將起來，他是以「激烈」而見長的。戚老爺的醜態最充分，也最綿長，而且，居然是「笑」，但又是不同於范進的笑。范進是瘋癲的狂笑，而戚老爺則是馬拉松式的並且不斷變換方位、姿勢的傻笑，當然，這也是發自內心的不可抑止的傻笑。相比較而言，雖然三人都很醜，但戚老爺比較執著，陸老爺比較本色，最令人討厭的還是伍老爺，因為他的醜態表現方式是虛偽。而虛偽，是人類最醜的東西。

上面，我們已經涉及一個問題，「中舉」事件，可以使中舉者本人和身邊所有的「關係人」似傻如狂、癲瘋變態。那麼，中舉者身邊最親近的關係人是誰呢？無非是父母妻兒，在望子成龍的中國，當事人的父親在所有親屬中又首當其衝。請看一部晚清小說所描寫的父子二人面對「中舉」喜訊衝擊時的醜態。

> 自從交過重陽，馮耀祖就一直沒有好生吃，好生睡。偏偏這年放榜又遲，一直等到九月十五，還沒有信，以為總絕望的了，誰知等到半夜裏，忽然大門外一片鑼聲，有志大驚道：「是街上走水或是強盜打劫。」連忙披衣起來。忽又聽得大門外打的震天價響，嚇得有志魂不附體，跪在灶君面前磕頭如搗蒜，口中只念道：「求灶君保祐這個，求灶君保祐這個。」只聽雇工周大飛奔進來喊道：「好了！好了！大相公中了舉了。」這時候馮耀祖正在屋裏提了一把溺壺，要想小解，一聽說他中了，這一歡喜非同小可，竟忘其所以，一手提著溺壺，趕到他老子面前，順手往鍋臺上一放，一手向地下去拉他老子。此時有志聽了周大的話，雖是喜歡，但不知覺直嚇得

> 渾身亂抖。後見兒子趕來，心花大開，站了起來，哈哈大笑，竟不言不語了。耀祖看了，著忙趕緊招呼幫工，將父親抬到臥室靜養，一面請褚先生過來商量著開發報錢，備飯款待。（《中國現在記》第四回）

歡喜，歡喜，歡喜到「渾身亂抖」的份上，喜訊居然還有「嚇人」的威力，這真是百年難遇的怪事。但實際上，想穿了也不足為奇。喜訊，也是一種刺激，對於神經衰弱的人而言，過度的歡喜如同過度的恐怖、焦急、憤怒等情緒一樣，是會讓人發抖的。

一人是否中舉，不僅會影響到這人自身和其直系親屬，更重要的還會影響到各種各樣的社會關係，或者說，可以造就某人在別人心目中的形象。且看：

> 到放榜之日，那康有為竟中了第八名舉人。一時報子到來，康有為那時正在床上躺著，眼巴巴望個捷報，忽然聽得報到自己中舉，便躍然起來，鞋不及穿，便跑出房門外問道：「是中了第八名麼？是我中了麼？」報子答兩聲「是」，徐把報條打開一看，且著且笑道：「顧主考真是識得文章的！」說後，回轉房裏，才省起自己不曾穿鞋，自忖料已被人看見了，不覺面紅起來，急的穿回鞋子略一坐，心裏又動，要出房門與學生說話，恰到房前，已見學生衣冠前來道喜，十數人企在門外要進去。康有為就回步受賀，只聽得外邊一人大聲道：「我不是要求科名的，賀什麼喜呢？」康有為一聽，覺這兩句話明明是嘲笑自己，但不知是何人說的？這時喜怒交集，喜的是新近中了舉人，怒的是被人嘲笑，欲要跟究，又不知是何人說的。（《大馬扁》第三回）

南海聖人康有為，在領導公車上書的前前後後，肯定得到了很多人的擁護，但同時也肯定會得罪不少人。可不是，在一部名為《大馬扁》的小說中，他被寫成了一個「偽君子」，而且是一個在科舉問題上口是心非的偽君子。更有意思的是，他偽君子面目的被揭露，恰恰是在他得到中舉喜訊的那一時刻。這該是多麼深刻而「及時」的諷刺呀！這種諷刺，不僅嚴重影響了書中人物康有為在學生心目中的地位，而且更為嚴重地影響了現實人物康有為在民眾心目中的地位。這樣一來，這種諷刺就不僅僅是一個「文學」問題，而是一個「政治」問題了。由此可見，諷刺手法作用之巨大，由此亦可見，小說作品威力之巨大！

在盛行科舉的明清兩代，中一個舉人就是一件了不得的事，能使人哭，能使人笑，也能使人瘋瘋癲癲，甚至能使人暴露自己許許多多平時隱藏著的卑劣與無恥。那麼，如果考上了比舉人更高的級別——進士以後又該怎樣呢？更有甚者，如果中了進士的前三名狀元、榜眼、探花郎那又將如何？或許，到了那樣一重境界，已經中過舉人的讀書郎已經有了興奮疲憊吧！或者說，他們對喜訊的強刺激已經有了一種心理準備吧！就算如此，但還有那些新進之士的父母妻兒、親戚朋友呢？難道他們就不會興奮得似傻如狂、瘋瘋癲癲嗎？應該會的，有一部《紅樓夢》的續書就寫到了這樣的場面。

> 一語未終，只見一群報馬撥風而來，報的是賈蘭點了傳臚。門上忙報進去，闔家道喜，擠滿一堂。賈母、王夫人道：「不知寶玉可曾點著？」此時李紈喜氣衆心，連忙說道：「老太太、太太放心，二叔穩要點甲的。」停了一會，又見報導：「林大爺點了狀元了。」大家拱著舒夫人、賈母、黛玉道喜，只聽一片環佩之聲，喧嚷之聲，嘈嘈雜雜。賈母笑道：「好了，狀元已經得了，寶玉怎麼樣了？」王夫人不則聲。寶釵、襲人渾身發抖。鶯兒道：「二爺到底……」說至此處，又止住了。婉香驚得心裏突突的跳，手尖冰冷。獨有黛玉，臉上或紅或白，似喜非喜，若愁非愁，癡癡的也無話說。紫鵑貼住黛玉呆望。又停了一會，只見幾十家人轟了進來，道：「恭喜老太太、太太、奶奶們，大喜的了不得，寶二爺點了探花。」王夫人忙問道：「可是真的。」賈母道：「如何不真？」(《紅樓幻夢》第七回)

賈蘭中的傳臚是二甲第一名，除了三鼎甲之外的最佳名次，這已經讓賈府眾人欣喜萬分了。接著，是林黛玉的同父異母的弟弟林瓊玉（當然是花月癡人違背曹雪芹的原意塑造出來的人物）中了狀元，在這種情況下，賈母的一句問話「寶玉怎麼樣了？」問出了眾多女人的醜態。尤其是寶釵、襲人，竟然緊張得「渾身發抖」。或許有人會認為，這裡的描寫，是對紅樓諸釵的一種歪曲和污蔑。這話只是說對了一半。對於林黛玉的「臉上或紅或白，似喜非喜，若愁非愁，癡癡的也無話說」而言，應該是歪曲性的描寫，因為真正的《紅樓夢》中的瀟湘妃子，是不會為了科舉問題而激動到這種程度的。但是這段描寫對於寶釵、襲人等人而言，應該是大體真實的，有的甚至是恰如其分的。因為即便請曹雪芹來寫，在擔心自己的命根子能否高中的關鍵時刻，花襲人也會緊張得發抖的。由此可見，續書也未見得就一無是處。但是，話又說回來，因為續書的大前提錯了：寶玉是不會去參加這樣高級的科舉考試的，故而，這一段描寫整體上只能說是失敗的。

其實，上面那種對《紅樓幻夢》作者的評價，也有幾分不公平，但誰叫他要去續《紅樓夢》呢？如果不是《紅樓夢》的續書，花月癡人這樣寫一個富貴人家的太太小姐們盼望著自家的公子登上三鼎甲，並為之而緊張得怎樣怎樣，如何如何，都應該說是成功的。從這個角度看問題，上述那些片段對「高高得中」時的諸多醜態的描寫和諷刺，都是很生動，也很深刻的。因為它們不僅反映了當時的真實生活，而且還對未來的諸如此類的真實生活具有指向性。

謂予不信，請看現實。在我們今天，難道沒有因為考上什麼或沒有考上什麼而發生的發人深思的生活悲喜劇嗎？

文人的大俗大雅：貪嘴與雅賺

一般的文人都會以「雅」自我標榜，但更高層次的文人卻是大俗大雅，以大俗的方式體現真正的內在的「雅」。譬如說嗜酒如命吧，如果發生在一般人身上，則脫不了一個「俗」字。但在大文人身上，那可是「雅」極了。曹植、阮籍、嵇康、劉伶、陶淵明、李白、辛棄疾、洪昇、吳敬梓、曹雪芹，哪一個不是嗜酒如命？哪一個不又是超凡脫俗？有的甚至在傳說中被認為是因為醉酒而丟了性命。但，因為喝酒連文人的體統、面子都不要的可不是上面那幾位，而是一個超級酒星畢卓畢老爺。且看《古今笑史》癖嗜部中他所樹立的典型形象：「畢卓為吏部郎，比舍郎釀熟，卓因醉，夜至其甕間取飲。主者謂是盜，執而縛之。已知為吏部郎也，方釋之。」（《耽飲》）其實，這僅僅是畢卓與酒的關係的冰山之一角。而且，馮夢龍先生在這裡對畢老爺的酒道輝煌的表現是遮幅式的，很不完整。我們且看史書中對畢卓與酒的記載：

> 卓少希放達，為胡毋輔之所知。太興末，為吏部郎，常飲酒廢職。比舍郎釀熟，卓因醉夜至其甕間盜飲之，為掌酒者所縛，明旦視之，乃畢吏部也，遽釋其縛。卓遂引主人宴於甕側，致醉而去。卓嘗謂人曰：「得酒滿數百斛船，四時甘味置兩頭，右手持酒杯，左手持蟹螯，拍浮酒船中，便足了一生矣。」（《晉書》卷四十九）

你看這位畢老爺，在那麼重要的部門當官，不好好工作，卻常常因為飲酒而誤事。並且到酒庫去偷新出的好酒喝，還被人抓住，還乾脆帶領別人在酒甕邊豪飲。最有意味的是，這位酒神居然還有自己的「貪嘴」理論：「得酒滿數百斛船，四時甘味置兩頭，右手持酒杯，左手持蟹螯，拍浮酒船中，便足了一生矣。」這真是瀟灑至極，風流至極，浪漫至極，「雅」到了極點！不然，怎麼會連《紅樓夢》中的那些正副「十二釵」們，在霜白花黃的大觀園中也要一手持酒杯，一手持螃蟹，嘴裏高唱著「高情不入時人眼，拍手憑他笑路旁」呢？雅，真的很雅！

然而，《紅樓》金釵們雅則雅矣，卻是雅中之雅，而非大俗大雅，他們終究不如畢卓那樣雅得本色、雅得公然、雅得天真、雅得俗氣。一位高官居然去偷酒喝，居然還被抓住，居然恬不知恥，居然引誘被偷的主人開懷暢飲。這樣的人，堪稱天下第一大俗大雅之人！但且慢！他雖然第一，卻非唯一，至少在章回小說這麼一個藝術世界裏，竟然出現了一個畢卓的接班人，一個有過之而無不及的「偷酒賊」的接班人。

> 卻說干白虹，有心要到金老兒家偷酒，乘夜步至門前，便從屋上進去。……干白虹等老兒睡熟，才敢出來。黑暗裏摸了半日，只不知那裡是酒房。偶然尋到一處，只覺得酒香撲鼻，隨手摸去，卻有個小小門兒，用兩把鐵鎖鎖著。心裏轉道：「這所在一定是了。」便用手扭掉鎖兒，走了進去。果然都是酒罈，不勝之喜。便隨意開了一罈，只覺甘香可愛。但沒酒具，不得到口。遍處尋覓，並無碗盞，只摸著了一把銅杓。干白虹不分好歹，拿來就吃。一勺不止，兩勺不休，吃得高興，那裡肯住手，把一大罈酒骨都骨都吃個乾淨。欲要再開一罈，不覺腳已軟了，身不由主，一交跌在地下，鼾鼾的睡去。此時雖有些聲息，幸喜宅子寬大，房戶隔遠，老兒與小廝、丫頭輩都絕不聽得。干白虹一覺醒來，卻將夜半，月已上了，見窗上微微有些亮光。睜眼看時，方知醉倒在此。喜道：「人生之樂，莫過於此，有酒不醉，真是癡人。我也不圖他下次主顧，總是天還未明，索性吃他個像意，才不枉來這一次，就醉殺了，也說不得。」便又打開一罈，提起銅勺，緩斟慢酌，吃得津津有味。只因宿酲未解，吃到半罈，已覺醺醺大醉。（《世無匹》第二回）

《世無匹》中的干白虹的行為雖然是從畢卓那兒發展過來的，但是，他的表現卻比畢卓更瀟灑，更忘情，甚至連「就醉殺了，也說不得」的念頭都萌發出來。喝酒喝到連性命都不顧的份上，還有比這更執著的嗎？然而，更令人出乎意料的還是干白虹貪嘴偷酒喝居然「喝」出一個大美人老婆來！

> 那知干白虹雖上了屋，肚裏的酒湧將上來，越越沉醉。又聽人聲喧沸，一發慌的軟了，不知東西南北，倒望了裏頭亂跑。過了七

> 八層房屋，一個頭暈，腳步把捉不牢，噗的滾到地下。只聽背後一個女人喊道：「賊在這裡！」干白虹急道：「我不是賊！」女子道：「既不是賊，半夜裏在人家屋上走來！」干白虹道：「因慕宅上酒好，特來嘗一醉兒。」那女子便叫他起來。仔細一看，見是個白面少年，果然爛醉。便道：「我看你不像個歹人，如何做此勾當？」干白虹道：「我又不偷盜東西，不過吃些酒，有何歹處。」那女子想到：「他若利我什物，怎肯專顧了酒，自然不是偷竊之輩。」因問道：「你實是何等人？難道不盜東西，特特到人家偷酒吃不成？」干白虹道：「我就住在這個村後，叫做干白虹，誰不認得。只因生平愛酒，偶而遊戲至此。」那女子道：「我聽人說干白虹是個義士，不想有此伎倆。如今還好，若外邊聽得就許多不便。我今做個方便，悄然送你到後門出去吧！」干白虹喜道：「如此感謝你不盡。」因偷眼看那少女，一身縞素，美麗非常，年紀只好二十內外，卻顧盼多情，語言鍾愛。那女子送到後門口，攜定干白虹的手道：「你既好飲，可常常走來，我送你些酒吃。」干白虹謝了一聲，匆忙而去。（同上）

這位抓住干白虹的女子名叫金麗容，是個年輕的寡婦，最後幾經周折，終於嫁給那瀟灑酒鬼做了老婆。這大概算得上最風流的貪嘴偷酒故事了。本來是一件俗不可耐的事，卻被我們的小說家寫得情味盎然，充滿了雅趣。

談到「雅」，尤其是這種俗中之雅，不由人不想起一個更有趣味的故事：雅賺，那可是發生在揚州八怪之一的鄭板橋身上的故事。一個商人想得到鄭板橋的墨寶，多次請人求取，鄭板橋嫌其太俗，決不肯付一筆一劃。商人無論出多高的價錢也不管用，這才知道世上竟然真有金錢買不到的東西。不過，商人想出了更絕的招數——雅賺。讓一個老者裝扮成風雅之士，誘鄭板橋入彀。中間經過了很多「雅」的表現之後，最後上了撒手鐧：滿足板橋先生的口腹之欲。那是怎樣的雅俗兼具的場面啊！

> 須臾，童子獻清茗，叟為之鼓琴，風泠泠然，不辨何曲。惟愛其音調激越，漸轉和煦，忽鏗然頓止。問先生能飲乎？曰：「能。」曰：「盤飧市遠無兼味，奈何？」既而自思曰：「釜中狗肉甚爛，然非所以款高賢。」先生性嗜此，聞之垂涎，曰：「僕最喜狗肉，是亦願狗生八足者。」叟曰：「善。」即於花下設筵，且啖且飲，狗肉而外，又有山蔬野簌，風味亦佳。（《夜雨秋燈錄》卷一《雅賺》）

經過這樣的多層誘惑，尤其是狗肉的力量對症下藥的超常發揮，最後終於發生了商人盼望已久的結果：「先生投袂而起，視齋中筆墨紙硯已就，即為揮毫，頃刻十餘幀，然後一一書款。」正如鄭板橋在受騙之後的恍然大悟：「商人狡獪，竟能仿蕭翼故事，賺我書畫耶？」這位大俗大雅的商人，終於用大俗大雅的方法，以狗肉換得了鄭板橋的墨寶。這一段故事堪稱妙不可言，然之所以為妙，要點有三：第一，商人「賺」鄭板橋之法，其實就是現今所有行賄者常用的招數：投其所好。第二，商人乃市井俗人中之「雅」者，而板橋先生則文化雅人中之「俗」者。二人之間雅俗轉換，實乃「雅俗錯位法」之使用。第三，讀完這個故事，仔細想來，竟不知是商人賺板橋，抑或板橋賺商人？但有一點卻可肯定：該篇所賺之事既雅，所賺之法亦雅，故曰「雅賺」。而且，即可視為以俗人賺雅人，亦可認為以雅人賺俗人。說穿了就是：世上本無絕對的「俗」，亦無純粹的「雅」，在更多的時候，應該是雅中有俗、俗中有雅，誠乃雅俗同構也。

但我們還得追究鄭板橋的那句話：「商人狡獪，竟能仿蕭翼故事，賺我書畫耶？」由此可知，被雅賺者並非板橋為第一人，「雅賺」還有淵源。那麼，蕭翼何許人也？在他身上又發生了什麼樣的雅賺故事呢？我們且將時間拉回到唐朝：

> 王羲之《蘭亭序》，僧智永弟子辨才，嘗於寢房伏梁上，鑿為闇檻，以貯《蘭亭》，保惜貴重於師在日。……上謂侍臣曰：「右軍之書，朕所偏寶。就中逸少之跡，莫如《蘭亭》。求見此書，勞於寤寐。此僧耆年，又無所用。若得一智略之士，設謀計取之必獲。」尚書左僕射房玄齡曰：「臣聞監察御史蕭翼者，梁元帝之曾孫，今貫魏州莘縣，負才藝，多權謀，可充此使，必當見獲。」太宗遂召見，翼奏曰：「若作公使，義無得理。臣請私行詣彼，須得二王雜帖三數通。」太宗依給。翼遂改冠微服，至洛潭。……寒溫既畢，語議便合。因延入房內，即共圍棋撫琴，投壺握槊，談說文史，竟甚相得。乃曰：「白頭如新，傾蓋如舊，今後無形跡也。」便留夜宿，設缸面藥酒果等。江東云缸面，猶河北稱甕頭，謂初熟酒也。……彼此諷詠，恨相知之晚。通宵盡歡，明日乃去。辨才云：「檀越閒即更來。」翼乃載酒赴之，興後作詩，如此者數四。詩酒為務，其俗混然。……及翼到，師自於屋樑上檻內出之。翼見訖，故駮瑕指纇曰：「果是響

> 榻書也。」紛競不定。自示翼之後，更不復安於伏梁上。並蕭翼二王諸帖，並借留置於几案之間。辨才時年八十餘，每日於窗下臨學數遍，其老而篤好也如此。自是翼往還既數，童第等無復猜疑。後辨才出赴邑汜橋南嚴遷家齋，翼遂私來房前，謂童子曰：「翼遺卻帛子在床上。」童子即為開門。翼遂於案上取得《蘭亭》及御府二王書帖，便赴永安驛。（《太平廣記》卷二〇八《賺蘭亭序》）

蕭翼雅賺辨才手中原版《蘭亭序》的過程，較之商人雅賺鄭板橋墨寶更為複雜，但兩個故事中間的一脈相承卻是顯而易見的。尤其值得注意的是，蕭翼也動用了「酒」這種雅俗共賞的飲料：「翼乃載酒赴之，興後作詩，如此者數四。」這樣，終於使得一代高僧收藏的《蘭亭序》飄到唐太宗的金鑾寶殿之中，被一代英主御覽。

以上都是雅賺成功的例子，有的甚至可以說是「雙贏」，如商人雅賺鄭板橋就是如此。但是，大千世界無奇不有，也有「雅賺」不成功而「雙輸」的例子。

> 鎮洋畢秋帆尚書沅，博雅好古，金石書畫之屬，搜羅極富，有佳者，不惜巨金以易之。四方骨董客，探其所嗜，羅致佳品，無不獲重利以去。門生屬吏，尤搜奇採異，以冀一日之賞識。蓋雍、乾時朝更風尚，無不如此也。畢巡撫陝西時，值六旬壽辰，預戒屬吏：凡送壽儀者，一概璧謝。風節凜然，人咸不敢嘗試。有某縣令，通省素稱能員，獨送古磚二十方。篆紋班駁，古色古香，且年號題識，皆可推究，居然秦漢物也。畢大喜，喚其家丁，面諭云：「我早有通告，壽禮一概不收。今汝主人能留意古物，足見非風塵俗吏，與尋常饋送不同，故姑留在此。汝先歸致謝汝主，緩日再致涵申謝忱也。」家丁得此佳獎，喜極忘形，遂跪稟云：「家主因大人慶壽，無物將敬，故先期喚集工匠，在署制此磚。主人親自監製，挑取最工者，敬獻轅下。今蒙賞收，家主榮幸多矣！」畢一笑而罷。（《清代官場百怪錄·送壽儀家丁露破綻》）

這位自作聰明的僕人，真正是大煞風景。他的一句大實話，不僅斷送了自家主人極有可能飛黃騰達的美好前程，同時，還讓正沉浸在欣賞古董和得到巨禮雙重喜悅之中的省長畢大人六月天吃冰棍，涼透了心。儘管畢大人最後還是笑了，顯得很儒雅、很大度、很瀟灑，很不在乎。但是，他內心是否在乎？

那只有天知道！因為，任何人最反感的都是在他最喜歡的東西上造假，在他最內行的問題上行騙。而且，更要命的是，畢大人還被蒙蔽了，還接受這高雅的賄賂了，還讚揚制假者了，還表示真誠的感謝了，現在，忽然發現自己上當受騙了，這簡直有點自身智商遭到挑戰的意味。他能不惱火嗎？筆者認為，他那笑，多半是無可奈何、裝模作樣、自欺欺人的苦笑。但雲間顛公既然把這件事作為「百怪」之一而「錄」下來，他就是記載一個笑話而已。而且，這「雙輸」的故事也確實很好笑，且具有十足的趣味性。

像這樣一些雅賺的故事本來就已經具有足夠的趣味性、可讀性了，殊不知，還有更「雅」的「賺」。為了騙一位立志要享林泉之福的隱士出山，投身到熱鬧庸俗的紅塵世界之中，某些親朋好友居然想出了製造災難逼其就範的方法：

> 原來那三樁橫禍、幾次奇驚，不是天意使然，亦非命窮所致，都是眾人用了詭計做造出來的。只因思想呆叟，接他不來，知道善勸不如惡勸。他要享林泉之福，所以下鄉，偏等他吃些林泉之苦。正要生法擺佈他，恰好新到一位縣尊，極是憐才下士，殷太史與眾人就再三推轂，說：「敝縣有才之士只得一人，姓某名某，一向避跡入山，不肯出來謁見當事。此兄不但才高，兼有碩行，與治弟們相處，極肯輸誠砥礪。自他去後，使我輩鄙吝日增，聰明日減。可惜不在城中，若在城中，老父母得此一人，就可以食憐才下士之報。」縣尊聞之，甚是踴躍，要差人齎了名帖，下鄉去物色他。眾人道：「此兄高尚之心已成了膏肓痼疾，不是弓旌召得來的，須效晉文公取士之法，畢竟要焚山烈澤，才弄得介子推出來。治弟輩正有此意，要借老父母的威靈，且從小處做起，先要如此如此；他出來就罷，若不出來，再夫如此如此；直到第三次上，才好把辣手放出來。先使他受些小屈，然後大伸，這才是個萬安之法。」縣尊聽了，一一依從。所以簽他做了櫃頭，差人前去呼喚。明知不來，要使他蹭蹬起頭，先破幾分錢鈔，省得受用太過，動以貧賤驕人。第二次差人打劫，料他窮到極處必想入城；還怕有幾分不穩，所以吩咐打劫之人，丟下幾件贓物，預先埋伏了禍根，好等後來發作。誰想他依舊倔強，不肯出來，所以等到如今才下這番辣手。料他到了此時，決難擺脫，少不得隨票入城。據眾人的意思，還要哄到城中，弄幾個

輕薄少年立在路口，等呆叟經過之時叫他幾聲「馮婦」，使他慚悔不過，才肯回頭。獨有殷太師一位不肯，說：「要逼他轉來，畢竟得個兩全之法，既要遂我們密邇之意，又要成就他高尚之心。趁他未到的時節，先在這半村半郭之間尋下一塊基址，替他蓋幾間茅屋，置幾畝腴田，有了安身立命之場，他自然不想再去。我們為朋友之心，方才有個著落，不然，今日這番舉動真可謂之虛拘了。」眾人聽見，都道他慮得極妥。(《十二樓．聞過樓》第三回)

這就是李笠翁的情趣，這就是李笠翁的風格！這樣一種俗不可耐的雅賺，真正是扼殺真性情的行為，是對性靈之「人命」的「草菅」。而故事中的呆叟，其實多半就是湖上笠翁的夫子自道，這樣看起來，李笠翁更是一個大大的俗人，儘管他能製造種種「雅」事。李笠翁與鄭板橋其實是心性相反的人，鄭板橋雖然也有大俗的舉動，但根子是真正的「雅」，而李笠翁雖有大雅的裝潢，然就其本性卻是不折不扣的「俗」。然而，更令人大跌眼鏡的卻是，像李笠翁編造的這種以「雅」包裝的俗不可耐的故事，卻有人步其後塵，進行克隆式的摹擬。那故事保存在一部極善摹擬的小說之中。

原來困貢侯思慕田人不已，後又見他招而不至，故李憲章獻計：軟勸不如硬諫，他既欲享林泉之樂，且由他去。待他嘗了嘗山野之苦，若仍不回頭時，只得使晉文公訪賢之法，不得不用焚山燎石，強求介子推之計了。所以先使縣役，委以賤差，費其銀錢。次後又遣人驚擾，收其財物；又恐他不回頭，留了遺物，伏下了禍根。料定他到困苦之極，必來告求。豈知他依舊不改拗性，所以第三回便戲以苦計，輕輕的拘了來了。眾人之意，本要牽他往街市，令幾個年青狂徒啐面辱之。但貢侯不允，並事先又替他預備下了院合良田，不獨內有款待賓客及內眷居住之室，又有飼牛拴驢之棚及雞舍狗窩，無不建造齊備。然後行了李憲章之計，取到這裡來的。(《一層樓》第三十一回)

除了敘事更為簡略一些以外，這段描寫幾乎全抄《十二樓》，沒有任何的創意。實在話，《一層樓》是一部藝術水平不高的小說，它整體上抄的是《紅樓夢》，而局部又抄襲那些二流的擬話本小說。

《聞過樓》相對於《雅賺》而言，已經是令人感到俗氣逼人；《一層樓》相對於《聞過樓》而言，那可真是在俗得無以復加的基礎上更上「一層樓」了。

人生最苦是女子

章回小說《金雲翹傳》在清初可謂上乘之作，也是一部影響很大的作品。它雖在中國小說史上未能登上一流小說之殿堂，卻牆內開花牆外香，極大地影響了越南文學，尤其是越南喃傳。十八世紀中葉至十九世紀初在世的越南文壇巨匠阮攸根據《金雲翹傳》寫成了韻文體通俗小說——喃傳《斷腸新聲》（又名《金雲翹傳》或《金雲翹新傳》），共計三千二百五十四句，成為越南文學史中的經典之作和民族瑰寶。

《金雲翹傳》全書主要寫弱女子王翠翹由閨秀而淪為妓女，而為人外室，為花奴，又落煙花陣中，又為海盜夫人，又為犯婦的悲慘生命歷程。全書要旨，我們只要聽聽女主人公夜靜無人時的怨恨和呻吟凝聚而成的哭皇天一曲就很清楚了。這首悲苦女性生命之歌的高潮如下：

> 人未眠時不敢睡，人如睡熟莫虛驚。既要留心怕他怪，又要留心防他行。客若貪淫恣謔浪，顛倒溫柔媚心容。熟客相逢猶較可，生客接著愈難承。任他粗豪性不好，也須和氣與溫存。媽兒只貪錢和鈔，不分好醜盡皆迎。鮮花任教拈藤伴，美女無端配戇生。牙黄口臭何處避，疾病瘡痍誰敢憎。若是微有推卻意，打打罵罵無已停。生時易作千人婦，死後難求無主墳。人生最苦是女子，女子最苦是妓身。（《金雲翹傳》第十一回）

這是作為一名妓女在那個時代痛苦生活的真實寫照，作者完全剝開了那種燈紅酒綠、紙醉金迷、情意殷殷、風流旖旎的包裝，讓妓院的罪惡赤裸裸地暴露在讀者面前。恕筆者說一句孤陋寡聞的話，這樣真切而深刻的青樓生活描寫，在中國古代小說史上是獨一無二的。而「人生最苦是女子，女子最苦是妓身」，亦可謂在那樣的時代對女性悲劇的最泣血吞聲同時也是最撕心裂肺的哀鳴和呼喊！

然而，在古代中國，痛苦的何止於妓女，就連一些看似風光無限的高貴女性，同樣也生活在無垠的苦海之中。清代小說《蘭花夢奇傳》中有一位名叫寶珠的女子，她是一位巾幗豪傑，能統率千軍萬馬，而最終，卻葬送於「一夫當關」，一輩子受到丈夫的壓迫、妒忌乃至於戕害。我們且看這位充滿矛盾的女性一段發自內心的自白：

> 寶珠低著頭不言語。紫雲道：「從來說作女兒身，人生不幸也，憑他滄海桑田，也只好隨遇而安。」寶珠點頭歎息，把一塊大紅洋縐手帕，拭去淚痕，口中微吟道：「最苦女兒身，事人以顏色。」說罷，又歎了兩聲，就歪在炕上。耳聽營中，秋風颯颯，更鼓頻頻，心緒如焚，不覺昏然睡去。（《蘭花夢奇傳》第三十八回）

這是一位統率千軍萬馬的女元帥的悲哀感歎。寶珠的痛苦看似出人意料，而實際上卻帶有極大的普遍性。與《紅樓夢》成書時間前後不遠的小說《林蘭香》，寫了一個極為聰慧賢淑的女性燕夢卿，卻不料其才華竟遭到了她丈夫耿朗的妒忌，那位大男子主義者心中想道：「婦人最忌有才有名，有才未免自是，有名未免欺人。」（第十三回）

至於《紅樓夢》，則從更深的層次寫出了眾多女子的絕大悲劇。即以書中最強悍的女性鳳辣子而言，在某些時候她其實也是痛苦無助的。無論這位璉二奶奶多麼能幹、多麼潑辣、多麼兇狠，多麼不可一世，但只要面對強大的「夫權」，她就只能低下她高貴的頭顱。舉一個例子就足夠了。當賈璉「包二奶」將尤二姐養在別宅時，得知消息的王熙鳳氣得個一佛出世二佛涅槃，於是她採取了一系列防守反擊的措施，其中重頭戲就是「大鬧寧國府」，因為賈璉幹這種醜事就是賈珍、賈蓉父子攛掇的。然而，在這一場鬧劇中，主角王熙鳳的表演卻是瞻前顧後、極有分寸的。且看筆者的分析：

> 值得我們注意的是，王熙鳳在大鬧之時還是有後顧之憂的。因為如果她公然反對賈璉納妾的話，賈璉可是有殺手鐧置鳳姐於死地的。這個殺手鐧就是「不孝有三，無後為大」——王熙鳳沒有給賈璉生兒子。於是，王熙鳳大鬧時就不得不採取迂迴戰術了，請看她對尤氏所說的委婉曲折的理論：「嫂子的兄弟是我的丈夫，嫂子既怕他絕後，我豈不更比嫂子更怕絕後。」隨後，又借他人的話說：「國

> 孝一層罪，家孝一層罪，背著父母私娶一層罪，停妻再娶一層罪。」（第六十八回）弄了半天，連王熙鳳自己都不得不承認，賈璉娶妾並沒有錯，錯只錯在時間不對（國孝、家孝），沒有向父母申請（私娶），不應該愛面子叫娶妻——「兩頭大」（停妻再娶）。按此邏輯反推，如果璉二爺在沒有國孝、家孝的日子裏，稟明父母，公然娶妾，王熙鳳是必須予以支持的。這真是混帳邏輯，然而，那個混帳的時代就是按照這些混帳邏輯來處理各項事務的。王熙鳳的「維權」道路如此崎嶇，「維權」過程如此艱難，誰之罪？王熙鳳自己！誰叫她不投男人胎呢？在《紅樓夢》的世界裏，是女人就是悲劇，嫁了人的女人更是悲劇，嫁了人而又沒有生兒子的女人尤其是悲劇。王熙鳳就是這種「尤其」悲劇。（《從三國到紅樓》）

王熙鳳是悲劇人物，林黛玉、薛寶釵何嘗不是「更悲劇」？她們二人分別代表了中國封建時代從最大層面劃分的兩種女性類型：對傳統倫理道德反抗型和順從型。然而，反抗者如林黛玉是悲劇，順從者如薛寶釵也是悲劇。那麼，中國封建時代的女子怎樣生存才不是悲劇呢？為了理解這一問題，作者給我們展示了形形色色的女子：史湘雲、迎春、惜春、秦可卿、李紈、尤二姐、香菱、鴛鴦、平兒、紫鵑、司棋、金釧兒、芳官、齡官、趙姨娘、元春、寶琴、邢岫煙、邢夫人、尤氏、藕官、紅玉、秋紋、彩雲、入畫、玉釧兒、黃金鶯、秋桐等等，她們各有各的活法兒，但卻毫無例外都是悲劇人物。這又從更大層面昭示了屬於那樣一個時代的本質性結論：女人即悲劇！

人生最苦是女子！

劣兄佳妹

俗話說，一娘生九子，九子各不同。如果是一娘所生的兄妹或姐弟，那中間的區別可能會更大，畢竟「男女有別」嘛！

然而，在中國古代小說、戲曲以及通俗講唱文學作品中寫得更多的則是「劣兄佳妹」。這方面的例子，大家最熟悉的當然是《紅樓夢》中的薛蟠與薛寶釵了。請看他們的登場亮相。

> 且說那買了英蓮打死馮淵的薛公子，亦係金陵人氏，本是書香繼世之家。只是如今這薛公子幼年喪父，寡母又憐他是個獨根孤種，未免溺愛縱容，遂至老大無成；且家中有百萬之富，現領著內帑錢糧，採辦雜料。這薛公子學名薛蟠，表字文龍，五歲上就性情奢侈，言語傲慢。雖也上過學，不過略識幾字，終日惟有鬥雞走馬，遊山玩水而已。雖是皇商，一應經濟世事，全然不知，不過賴祖父之舊情分，戶部掛虛名，支領錢糧，其餘事體，自有夥計老家人等措辦。寡母王氏乃現任京營節度使王子騰之妹，與榮國府賈政的夫人王氏，是一母所生的姊妹，今年方四十上下年紀，只有薛蟠一子。還有一女，比薛蟠小兩歲，乳名寶釵，生得肌骨瑩潤，舉止嫻雅。當日有他父親在日，酷愛此女，令其讀書識字，較之乃兄竟高過十倍。自父親死後，見哥哥不能依貼母懷，他便不以書字為事，只留心針黹家計等事，好為母親分憂解勞。（《紅樓夢》第四回）

薛蟠是呆霸王，他的特點是又呆又霸，「呆」得令人感到有幾分可愛，「霸」得又使人覺得十分可怕。薛寶釵是冷美人，她的特點是又美又冷，任是無情也動人，是一種凜然的、不可侵犯但也難得親近的美。但整體而言，將他們兄妹進行比較以後，人人都會認為哥哥卑劣，妹妹美好。

然而，這種劣兄佳妹的寫法的始作俑者卻非雪芹先生。比《紅樓夢》出現要早幾十年的兩部小說作品，都有這種表現。先看它們對女主人公的讚美性展現。

> 女童見了湛生狂態，恐怕有人看見，只得慌忙含笑道：「吾家小姐的字，喚杏芳，又號醒名花。」翌王道：「怎麼叫做醒名花？」女童道：「我小姐真個生得天姿國色，家中稱為小楊妃。古人以『海棠初睡足』比楊妃，小姐常道：『楊妃睡足我獨醒。』所以將這意思，取個別號，乃自叫做醒名花。年已二九，只為世無其匹，矢志不肯適人，終日焚香禮佛，閒時便分題拈韻，消遣時光而已。老夫人著實憐惜，屢次相勸，決意不從。夫人遂將此園，為小姐焚修之地，撥幾個老蒼頭及奴婢，朝夕服侍。又將近處莊田百畝，為薪水之用。不料老夫人於舊年八月中，亦一病身故，今小姐獨自居此。真個閨門肅正，足不窺戶。即奴輩有些差處，一毫不敢輕恕。」（《醒名花》第一回）

> 茶罷，貢鳴岐便吩咐婢女們：「請出小姐來，拜見兄長。」少頃，只聞蘭香被拂，玉佩叮咚，嫋嫋婷婷，彷彿天仙下降。但見，那貢小姐：修眉吐月，寶髻堆雲。唇敷半點朱霞，眼碧一泓秋水。拂袖則紅塵不染，臨妝而白雪無姿。儀容雅雅，何須脂粉留香；態度娟娟，不待綺羅增色。誰云花比貌，花且讓春；不信玉為人，玉偏遜潔。問仙姬何處？卻來姑射峰頭，貯玉女誰家？只在錦屏深處。正是：當年為有凡間恨，謫降香奩第一儔。康夢庚一見貢小姐，不覺神魂飛越，幾不自持。只得鞠躬著身子，珍珍重重，深深的作了兩揖。只見貢小姐，含情斂態，嬌嬌滴滴的還了兩個福兒。就有三四個秀麗女奴，簇擁著進內艙去了。康夢庚心裏，向來想著那第一種才貌的美人，乍見貢小姐詠雪之詩，已驚為陽春白雪。只因未見其貌，故貢鳴岐議及親事，誠恐貌不勝才，故爾堅拒。誰知瞥然一見，儼若天仙，喜不自勝，卻轉懊悔，方才不該她他父親面前，說了這許多推辭的話。低回展轉，欲去不忍。（《生花夢》第五回）

這樣一些閨閣千金，在清初才子佳人小說中頗為常見。她們最大的特點就是才、美、情三者的結合。上述兩位亦乃如是，她們的美貌和才華，均能讓那些最終成為她們如意郎君的才子們愛得發癡、戀得發狂。但相較於《紅樓夢》中的薛寶釵而言，她們卻顯得有些類型化，數十位這樣的佳人基本上是生得一個面孔，說話一個腔調。總不能像寶姑娘那樣具有深厚的文化蘊含，而且是頗為特殊的「這一個」。這種差別，主要還不是體現在佳人們的「出場秀」，而是在於她們以後的諸多表演之中。但這個問題細緻討論篇幅太長，只以兩點區別之：第一，醒名花和貢小姐她們最後都廝配得才貌仙郎，並博得個地久天長，而寶姑娘卻是丈夫出走，飲恨深閨的悲劇結局。第二，醒名花和貢小姐她們在追求美滿婚姻的過程中大都比較直截了當，主動積極，當然也比較外在化，而寶姑娘卻是萬分的含蓄，萬分的內斂，萬分的隱晦曲折，甚至壓抑自己青春的情感。兩相比較，儘管薛寶釵的形象可能深受醒名花和貢小姐這些「前輩」的影響，但卻比她們更真實、更符合大家閨秀的風範，同時，也更能體現那個時代侯門千金的悲慘命運。

當然，我們還得要回到本篇的正題：劣兄佳妹，這些美好的妹妹都有一個惡劣的兄長。我們先看梅小姐的哥哥：

> 原來外園後面，住兩個無賴：有一個叫做俞甲，綽號灰貓頭；一個叫做王乙，綽號臭老鼠。都是平地起風波，尋寡吃白食的。那日見湛翌王一個後生，在園中亂撞。兩個看在眼裏，一徑奔入城中，報與小姐的嫡兄梅公子知道，希圖詐害。梅公子便差了許多僮僕，同著一夥人來拿湛生。那梅公子名富春，號叫瑞臣，為人生性兇暴，好為不軌。恃亡父的遺蔭，胡亂橫行。又自小與無賴為伍，學得拳棒，結一班衙門蠹役，以為心腹。他便奸人妻女，盜人財物，犯出事來，這一班人互相狼狽遮護。所以一縣之中，人人畏怕他。起他一個綽號，叫做狗低頭。道是他做人忒歹，即將他來喂狗，狗也不吃他的。（《醒名花》第二回）

這位公子比薛蟠更壞，可謂壞事做盡。而且，他的壞是有其自身特點的。他不是像呆霸王那樣的具有呆得可愛的成分，而是一味霸道，橫行不法，是以殘暴為其特色的。更可怕的是，他的這種壞，還帶有較大的社會影響。因為他糾結了一個團夥，並與衙門有關係。用今天的話講，是白道、黑道都玩得轉。這樣的惡霸公子，簡直就是黑惡勢力的頭目，是造成社會混亂的最大隱患。

另外一位惡劣的兄長——貢小姐的哥哥，卻是在惡劣的道路上逐步發展的。首先，他不過是愚蠢粗俗而已。

> 原來，貢鳴岐有兩隻座船，家眷在後邊一隻船上，自己與兒子貢玉聞，同坐一舟。因叫家人請出大相公來，與康夢庚相見。康夢庚抬頭一看，只見那貢玉聞，年紀雖只十五六歲，卻癡頑肥偉，蠢然一物，粗俗之氣，見於眉宇，略無一毫雅道。作過了揖，對面坐下。只見他，言詞鄙劣，舉止輕浮。康夢庚知他是個憨哥，暗暗好笑，並不做聲。（《生花夢》第四回）

到後來，這位生性粗鄙的貢公子卻在匪類的引導之下越來越壞，竟至成為像梅公子那樣的「狗低頭」式的人物。橫行無忌，惹事生端就是對他最確切的評語。

> 誰想貢玉聞生性野劣，更兼相知了錢魯這樣一個頑皮後生，倶恃著父親勢焰，一發橫行無忌，終日放鷹逐犬，惹事生端。聞東園好景，要進去遊玩，因園門緊閉，便大呼小叫，亂罵要開。老蒼頭略一阻攔，他兩個便打將入去，把假山花木，盡皆踏倒，直到玩花亭後，軒子裏邊，還狂呼惡罵，出言粗穢。老蒼頭苦告道：「這裡是內眷人家，如此恐為不便，爺們存些規矩便好。」貢玉聞聽了這話，就劈嘴一拳，把老兒打倒在地，罵道：「你家什麼規矩，放你娘的狗屁，叫你認認我貢大爺的手段哩。」便與錢魯兩個，直打到後邊馮小姐的內室。（《生花夢》第九回）

當然，像貢公子、梅公子這樣的人物，他們都是出現在薛公子前面的小說作品中的。因此，從人物塑造的角度，他們都是薛蟠的師傅，或者說，《紅樓夢》中的呆霸王就是在這樣一些人物形象的基礎上發展演變而成的。但薛蟠的形象卻比他們二位更為豐滿，因為薛蟠的性格層面較多，有「呆」的一面，有「霸」的一面，有耿直的一面，甚至也有講義氣的一面，同時，他還是一個喜劇人物，是《紅樓夢》中的大淨兼小丑。

由上可知，在中國古代小說作品中，劣兄佳妹的現象並非罕見。但卻以《紅樓夢》中的薛家兄妹的塑造最為成功，最為真實。與此同時，這樣一種劣兄佳妹的模式尚不僅僅存在於古代小說之中，戲劇和民間講唱藝術中也不乏這樣的人物典型。如黃梅戲《王老虎搶親》就是膾炙人口的例證，不過，那裡面的劣兄佳妹的劣與佳的角度和層次各各不同而已。講唱文學中的劣兄佳妹，卻以彈詞《再生緣》中最為典型。

話說朝廷還有一位戎侯爵，姓劉名捷表字捷才。娶妻顧氏。廣置幾房姬妾。所生二男二女。長子奎光，現任雁門關總鎮。次子奎璧，尚未出仕，年方一十六歲，一身武藝熟嫻。都是正夫人所出。長女燕珠，現嫁王孫帖木兒為妃。次女燕玉年方十五歲，未許婚姻。燕珠也出於顧氏夫人，燕玉是亡過的姨娘吳氏所出。這如今，劉公帶著幾房美妾在京居住。顧氏夫人與次子奎璧幼女燕玉，卻在雲南閒居。顧氏夫人共次男，在家安住果然閒。這家公子豪華性，打獵抛球任意玩。武藝高強欺俊傑，儀容美麗負英賢。良緣要配才容女，不肯輕輕結鳳鸞。知得尚書兵部府，閨中有女美容顏。文章滿案皆新筆，詩句盈窗有舊箋。落雁沉魚真絕世，羞花閉月果非凡。奇男理合婚奇女，愛慕芳名心若煎。密告母親求說合，今生必要此良緣。夫人愛子皆依允，急欲央媒孟宅言。燕玉雖為侯爵女，幼年失母少人憐。全虧乳母江三嫂，早晚相依問暖寒。同住繡房如母女，夫人不管這紅顏。芳容秀麗原非俗，情性溫柔也不凡。詩句也還知一二、女工偏是在人先。每傷薄命勞心苦，常惜青春血淚漣。寂寞孤幃留片影，淒涼晚院望重山。但祈不負平生志，得適風流一少年。（第二回）

《再生緣》故事主要涉及元代雲南昆明的三大家族：卸職歸家的龍圖閣大學士孟士元，雲南總督皇甫敬，國丈劉捷。故事的開端是皇甫敬聞孟家小姐麗君才名，欲為自己的兒子皇甫少華聘為妻室，不料，劉捷次子劉奎璧亦欲向孟家提親。故事的發展進程是異常複雜的，但大要無非是姦邪的劉家父子迫害忠義的皇甫一家，而已被許配給皇甫家的孟麗君亦為了躲避劉家的逼婚而女扮男妝亡命江湖。最後，歷經種種曲折，孟麗君與皇甫少華有情人終成眷屬。上文所引的劣兄佳妹就是劉奎璧及其庶出的妹妹劉燕玉，兄妹二人性格截然相反，劉奎璧用心歹毒而又偽善藏奸，劉燕玉心地善良而又目光如炬。書中最能體現兄妹二人迥然有異性格的是這樣一個情節：當劉奎璧誘騙皇甫少華并陰謀放火將其燒死時，作為妹子的劉燕玉卻放走了皇甫公子，並與皇甫私訂終身。這裡的劉奎璧，當然是一個陰險小人，而劉燕玉卻可算作一位奇女子。請看在這緊要關頭，劉燕玉乳娘江氏對皇甫少華公子講述險情一段：

公子呀，自從那日奪宮袍，世子歸來恨不消，又過求親回絕後，至此心中氣不消。雖與尊駕常相敘，盡是虛情暗放刀。今日相留庭內歇，誰知他，又使巧計害英豪。差吾進喜親生子，竟到三更放火燒。……適聞小姐私相告，始信循環天理昭。公子呵，我家郡主出偏房，堂上夫人是嫡娘。今歲方交年十五，芳名燕玉在深房。良緣未有鸞鳳偶，只因為，生母歸陰失主張。也是千金洪福大，姨娘來託夢黃粱。說道是，貴人今晚吾家住，他在初更有禍殃。爾與此人當配偶，休教錯過此佳郎。後來他必封王位，文武全才志豈常。爾若相看如陌路，倒只怕，闔家男婦盡遭殃。千金得夢心疑惑，正在燈前訴曲腸。卻值我兒來洩漏，老身知得喜非常。通知郡主商量就，託進喜，穩住眾人在外廂。幸喜主人俱不在，與千金，今宵特地到書房。（第四回）

《再生緣》是在民間廣為流傳的一部彈詞作品，而其中劣兄佳妹的描寫也有自己的特色。首先，就劉燕玉而論，她雖然是一個絕代佳人，也是一個奇女子，但她在救助皇甫少華的時候，思想是比較複雜的：一方面是出於正義，一方面是痛恨乃兄，還有更重要的一點就是在生母託夢的告知以後為了自己的鸞鳳姻緣。這就顯得沒有上面幾位小姐那麼高雅，那麼純潔。然而，也正是這一點，充分顯示了劉燕玉的真實性、世俗的真實性。至於劉奎璧，這一形象塑造的成功之處乃在於一個反面角色，一個惡劣的兄長典型卻具備了一副好容顏，還練就一身真本領：「武藝高強欺俊傑，儀容美麗負英賢。」這種適當「美化」反面人物的寫法，實在是通俗文學史上的一大進步，因為它避免了「臉譜化」。

至於為什麼這些文學作品大多寫劣兄佳妹，而很少見到寫佳兄劣妹或劣姐佳弟的？這大概應該由《紅樓夢》中的賈寶玉來回答：「女兒是水作的骨肉，男人是泥作的骨肉。我見了女兒，我便清爽；見了男子，便覺濁臭逼人。」（第二回）「凡山川日月之精秀，只鍾於女兒，鬚眉男子不過是些渣滓濁沫而已。」（第二十回）

遠離齷齪謂之佳，沉溺污濁謂之劣。

不管你長相如何，出身如何，本領如何。

學問與功名

學問與功名，在漢代以前應該說是相互間不太相干的事物，因為當時並不以學問高低來決定功名成敗。漢代以降，因為分科舉士中有秀才科之類，於是學問與功名便有了些許聯繫。但後來，居然被那些州郡長官和豪強們徇私舞弊，弄成了「舉秀才不知書」(《古詩源．桓靈時童謠》)的局面，又使得學問與功名大不相符。再往後，隋唐實行科舉制，秀才、進士、明經等科，都還是要些學問的，故而，學問和功名又產生了很大的關係。然而，明代實施八股取士制度，直到清代末年廢除，學問與功名二者之間又漸行漸遠了，因為八股文其實是一種偽學術。明代的鄉試、會試都要考三場。頭場考四書義三道，五經義四道。二場考論一道，判語五道，詔、誥、章表、內科各一道。三場考經、史、時務策五道。而實際上由於試卷太多不能遍閱，試官們往往止閱前場，又止閱書義，只要頭場試卷能得到試官賞識，便可中式，二、三場考試效果如何，與是否錄取的關係並不大。而頭場所考者，恰恰就是八股文。八股文又稱「經義」、「制義」、「制藝」、「時文」、「四書文」，取「四書」「五經」中的文句做題目，從而闡述其義理。闡述時，只能依照題義揣摩古人語氣，即所謂「代聖賢立言」，絕不可隨意發揮或聯繫實際。並且，在解釋經義時，「四書」中的題目必須以朱熹的《集注》為標準，「五經」中的題目亦須以宋元名家的注疏為準繩，均不能自由發表自己的觀點。

這樣一種應試文章，離真正的學問可謂十萬八千里。而且，代聖賢立言，就是用賢人朱熹等人的觀點去解釋聖人孔孟等人的言論。如果朱熹等人的解釋錯了呢？那就理解的要執行，不理解的也要執行，必須照葫蘆畫瓢，不准提出異議。因此，明代以降，對朱熹等人的解釋表示疑問的人可是鳳毛麟角。但鳳毛麟角並非絕對沒有，居然有人敢於冒天下之大不韙，非議起朱夫子來：

> 陸居仁每謂人曰：「吾讀書至得意時，見慶雲一朵，隱隱頭上，人不能睹。一日讀《詩經注》，有不安處，思易之。忽於夢中見尼父拱立於門前，呼吾字曰：『陸宅之，朱熹誤矣，汝說是也。』」一友謔曰：「足下得非稟受素弱乎？」居仁曰：「何為？」友曰：「吾見足下眼目眊眩，又夢寐顛倒耳。」遂赧不復言。（《古今笑史．顏甲部第十八．陸居仁》）

陸居仁真正是膽大妄為，他竟然在大庭廣眾之下說朱熹注釋的《詩經》「有不安處」，亦即有不妥當的地方，而且還拉出夢境中孔夫子，讓他們聖賢之間「PK」，借孔夫子之口說朱夫子的錯誤。表面看來，這好像也是一件大快人心的事，至少可以讓那些被朱夫子們折磨得夠嗆的窮秀才們吐一口惡氣。但讓人始料未及的是，陸居仁的行為當場就遭到了朋友的嘲笑，而且是很惡毒的嘲笑。結果，從此以後這位陸夫子就噤若寒蟬了，再也不敢對朱夫子發出絲毫的問難了。

然而，這種情況僅僅只能代表明代，到清代雍正、乾隆年間，批判科舉、八股的大師吳敬梓出現了，那些靠八股求取功名富貴的人可就倒大楣了，都被這位敏軒先生罵了個狗血淋頭。更有甚者，這位大膽的小說作家竟然借書中人物之口，一而再再而三地宣稱朱夫子講解《詩經》的謬誤之處，那可更是膽大如雷了。

> 杜少卿道：「朱文公解經，自立一說，也是要後人與諸儒參看。而今丟了諸儒，只依朱注，這是後人固陋，與朱子不相干。小弟遍覽諸儒之說，也有一二私見請教。即如《凱風》一篇，說七子之母想再嫁，我心裏不安。古人二十而嫁，養到第七個兒子，又長大了。那母親也該有五十多歲，那有想嫁之理？所謂『不安其室』者，不過因衣服、飲食不稱心，在家吵鬧，七子所以自認不是。這話前人不曾說過。」遲衡山點頭道：「有理。」杜少卿道：「《女曰雞鳴》一篇，先生們說他怎麼樣好？」馬二先生道：「這是《鄭風》，只是說他『不淫』。還有甚麼別的說？」遲衡山道：「便是，也還不能得其深味。」杜少卿道：「非也，但凡士君子，橫了一個做官的念頭在心裏，便先要驕傲妻子。妻子想做夫人，想不到手，使事事不遂心，

吵鬧起來。你看這夫婦兩個，絕無一點心想到功名富貴上去，彈琴飲酒，知命樂天。這便是三代以上修身齊家之君子。這個，前人也不曾說過。」蘧駪夫道：「這一說果然妙了！」杜少卿道：「據小弟看來，《溱洧》之詩，也只是夫婦同遊，並非淫亂。」季葦蕭道：「怪道前日老哥同老嫂在姚園大樂！這就是你彈琴飲酒，採蘭贈芍的風流了。」眾人一齊大笑。(《儒林外史》第三十四回)

你看，就在「眾人一起大笑」的歡樂場景中，朱夫子的偶像轟然倒塌。書中人物杜少卿談笑之間就接二連三地指出了朱熹講解《詩經》的錯謬，而且言之鑿鑿，頗有見地。無怪乎那些稍有頭腦的讀書人要佩服不已繼而興高采烈了。因為他們在聊天時無意之間解除了一個極大的思想包袱——朱熹及宋儒講四書五經的絕對權威性。原來賢人的話也並非完全正確，也不足為據！這種認識，在今天看起來實在沒有什麼了不起，但在當時，杜少卿的言論可真是石破天驚逗秋雨的。

《儒林外史》的作者吳敬梓似乎覺得僅僅讓杜少卿這麼溫柔敦厚地批評一下朱熹，或者說，僅僅藉此警醒一下那些靠著朱熹和宋儒吃飯的八股蠹蟲是遠遠不夠的。於是，在後來的章節中，他再一次讓書中人物直截了當地指出朱熹與宋儒的謬誤以及靠著「代聖賢立言」而混飯吃、博取功名富貴的八股之徒的可恥。

武正字道：「提起《毛詩》兩字，越發可笑了！近來這些做舉業的，泥定了朱注，越講越不明白。四五年前，天長杜少卿先生纂了一部《詩說》，引了些漢儒的說話，朋友們就都當作新聞。可見『學問』兩個字，如今是不必講的了！」遲衡山道：「這都是一偏的話。依小弟看來：講學問的只講學問，不必問功名；講功名的只講功名，不必問學問。若是兩樣都要講，弄到後來，一樣也做不成。」(《儒林外史》第十四九回)

是呀，到了明清兩代，學問與功名實際上已經到了風馬牛不相及的地步，而統治者卻還要用八股文將兩者生生套在一起。幸虧武正字、遲衡山他們繼承發展了杜少卿的說法，將學問與功名分得清清楚楚。終於讓讀者明白，像杜少卿那樣沒有功利的著書立說才叫真學問，而更多的「讀書人」其實並沒有讀書，他們只是將四書五經作為功名富貴的敲門磚去欺騙別人，同時也欺騙了自己。因此，遲衡山的觀點是絕對正確的：「講學問的只講學問，不必問功名；講功名的只講功名，不必問學問。若是兩樣都要講，弄到後來，一樣也做不成。」其實，這正是吳敬梓的思想，是吳敬梓站在時代最前列的最為清楚明白的思想。

如果按照吳敬梓的想法來辦事，中國恐怕早已不是這個樣子了。

因此，雖然我不是杜少卿，但我讚揚杜少卿；儘管我遠遠不如吳敬梓，但我真切地呼喚吳敬梓！

因為，如果將學問與功名緊密聯繫，那將永遠學問不成學問、功名不成功名。

這種狀況，對某些個人而言，那將是一種幸福，但小到對學術界而言、大到對一個民族而言，勢必是一種災難，一種要用幾百年或許更長的時間才能真正體會到的災難。

體會的時間越長，災難造成的後果就越大！

「踩瓦」，響還是不響？

中國古代小說中的「俠」與「盜」，當然是兩種不同的社會階層，尤其在道義上他們有著明顯的人格分野。但有一點卻是一樣的，無論是「俠」還是「盜」，多多少少得有點工夫，特別是武功，特別是武功中的輕功。因為俠客們往往要飛簷走壁，而盜賊更免不了要做樑上君子。

進而言之，輕功最常見的表現就是在屋頂上行走，也就是武生們自己說的「高來高去」。但是，古代的房屋可不像今天，都是鋼筋水泥的平臺，而多半是「瓦」，如此一來，在屋頂上行走就必須「踩瓦」。

俠客和盜賊大都會踩瓦。

但「踩瓦」時是否會發出響聲呢？那可就看你道行的高低了。為了說明問題，我們不妨先看吳敬梓筆下的一個冒牌俠客張鐵臂的自吹自擂和拙劣表演：

> 到了二更半後，忽聽房上瓦一片聲的響，一個人從屋簷上掉下來，滿身血污，手裏提了一個革囊，兩公子燭下一看，便是張鐵臂。兩公子大驚道：「張兄，你怎麼半夜裏走進我的內室，是何緣故？這革囊裏是甚麼對象？」張鐵臂道：「二位老爺請坐，容我細稟。我生平一個恩人，一個仇人。這仇人已銜恨十年，無從下手，今日得便，已被我取了他首級在此。這革囊裏面是血淋淋的一顆人頭。但我那恩人，已在這十里之外，須五百兩銀子去報了他的大恩。自今以後，我的心事已了，便可以捨身為知己者用了。我想，可以措辦此事，只有二位老爺。外此，那能有此等胸襟？所以冒昧黑夜來求，如不蒙相救，即從此遠遁，不能再相見矣。」遂提了革囊要走。兩公子

> 此時已嚇得心膽皆碎，忙攔住道：「張兄且休慌，五百金小事，何足介意！但此物作何處置？」張鐵臂笑道：「這有何難！我略施劍術，即滅其跡。但倉卒不能施行，候將五百金付去之後，我不過兩個時辰，即便回來，取出囊中之物，加上我的藥末，頃刻化為水，毛髮不存矣。二位老爺可備了筵席，廣招賓客，看我施為此事。」兩公子聽罷，大是駭然。弟兄忙到內裏取出五百兩銀子付與張鐵臂。鐵臂將革囊放在階下，銀子拴束在身，叫一聲多謝，騰身而起，上了房檐，行步如飛，只聽得一片瓦響，無影無蹤去了。（《儒林外史》第十二回）

別看張鐵臂將自己吹得神乎其神，又是大義凜然，又是恩怨分明，又是武功卓絕，其實，吳敬梓先生巧妙地通過兩次踩瓦的效果揭開了這個「水貨」大俠的畫皮，暴露了他的本來面目。先是踩瓦而來：「忽聽房上瓦一片聲的響，一個人從屋簷上掉下來」；後是踩瓦而去：「騰身而起，上了房檐，行步如飛，只聽得一片瓦響，無影無蹤去了」。如果是真工夫的大俠，是絕對不會這樣踩得瓦響的。因為踩瓦動靜大了，一是說明這人工夫不到家，腳下太重，步履太笨；二來呢，一下子就暴露了自己，不符合「俠」或「盜」行蹤的詭秘性。在瓦上走得像一般人似的，甚至連一般的泥瓦匠都不如，那還能叫做「俠」嗎？吳敬梓正是通過踩得瓦響這個細節，揭露、諷刺了張鐵臂這個冒牌大俠。同時，也通過連踩得瓦響不算俠都不知道，反而聽信謊言，白白送給騙子五百銀兩的婁家兄弟的愛慕虛榮、追求虛名結果上了大當、丟了面子的可笑的「弱智」形象。

張鐵臂的本領，其實比一般的市井男子高不了多少。踩瓦一片響，就是普通人的水平。且看《金瓶梅》中西門慶死後，其「前家奴」來旺和四姨太孫雪娥私奔時一段：

> 來昭夫婦又篩上兩大鐘暖酒，與來旺、雪娥吃，說：「吃了好走，路上壯膽些。」吃到五更時分，每人拿著一根香，躧著梯子，打發兩個扒上房去，一步一步把房上瓦也跳破許多。（第九十回）

這一對私奔男女都是典型的市井小民，沒有學過武功，在房上行走，當然會跳破很多的瓦。相比較而言，那些雞鳴狗盜之賊人，當然比來旺兒他們要高級一點，因為他們畢竟經歷過一些訓練。但有人上房後還是會弄得瓦響，那水平，正與張鐵臂伯仲之間。請看幾位盜賊的表現：

一更之後，店主張善聽得屋上瓦響，他是個做經紀的人，常是提心弔膽的，睡也睡得惺忪，口不做聲，嘿嘿靜聽。須臾之間，似有個人在屋簷上跳下來的聲響。張善急披了衣服，跳將起來，口裏喊道：「前面有甚響動？大家起來看看！」張善等不得做工的起身，慌忙走出外邊。腳步未到時，只聽得劈撲之聲，店門已開了，張善曉得著了賊。(《二刻拍案驚奇》卷二十一)

原來是張親家老爺。他那晚睡到半夜，忽然要出大恭，開了門，提了個百步燈出來；才繞到後邊，聽得房上瓦響，他把燈光兒一轉，見兩個人爬過房來，他就嚷起來，把屎也嚇回去了。這一嚷早驚動了外面的人，房上那兩個賊見不是路，重新又爬過房脊來，下了房，發腳往遊郎門外就跑。(《兒女英雄傳》第三十一回)

至於武林中人，不管是正面還是反派，只要練過輕功，一般說來上房踩瓦是不會發出響聲的，但匆忙之中，這些行家裏手偶而也會「馬失前蹄」，犯一些不大不小的錯誤，踩瓦弄出點動靜來。先看兩個負面形象：

二人即竄到後殿屋上，不意將後殿屋上瓦踏翻了一塊落下來，只聽拍的一聲響，那塊瓦落下來，打得粉碎。二人嚇了一跳，又伏足定身不敢稍動。幸而下面並無人知覺，兩人總算放了心。(《七劍十三俠》第一百六十五回)

鄭天惠飄身下來，繞到大房的後坡，躥將上去，躍脊到前坡，往房上一趴，裏面說話盡都聽見。鄭天惠就要抽身回去與群賊送信。不料往回一抽身，腳一蹬，就把房瓦踏碎了一塊。焉知裏面聽得出來，說：「有賊！」(《續小五義》第三十四回)

前面一例中的「二人」，指的是寧王宸濠派去刺殺正德皇帝的殺手錢龍、趙虎。他們在深入宮廷翻牆越脊的過程中本來是悄無聲息的，可見本領遠遠高於張鐵臂。只是在最後一不小心踏翻了皇宮後殿的一片瓦，差一點功虧一簣，幸而沒有被發現。但最終，他們還是失敗被抓，經受嚴刑拷打。不過，那些情節與本題無關，不去說他。後面一例的賊人鄭天惠也是在搞窺探時顯示了較強的輕功，你看他一「飄」一「躥」，又從後房「躍」到前房，高來高去，一點問題都沒有。只是在得到情報後準備抽身離開時一不小心，腳一蹬，踏碎了一塊瓦，暴露蹤跡。但無論如何，他的本領也在張鐵臂之上。

盜或俠中的反面形象如此，其間的正面人物在躥房越脊時往往也會稍不留神弄出聲響。且看下面這兩位：

> 正說著話，房上瓦簷一響，蠻子和尚擰身就躥了出來，說：「唔呀！混帳東西，房上有人。」原來依著魏國安就要回去給馬大人送信，姚廣壽說：「咱們既來到這裡，等周百靈睡了進去把他捆上，扛回公館，也算奇功一件。咱們到北屋房坡上聽聽他們說些什麼？」兩人由東房躥到北房，腳稍微一重，焉想到屋中就聽見了。（《彭公案》第三百二十六回）

你看，腳稍微重一點，就出了紕漏，讓敵人發現了。如果讀者覺得這兩位俠客知名度不高，可能輕功也不怎麼樣，故而會犯這種低級錯誤的話，那麼，不妨聽聽《施公案》中的大俠計全對黃天霸的一段自白：「黃賢弟，你且莫急，聽愚兄說來。咱正要趁他們飲酒時，悄悄的先將金牌取回，不是一件美事麼？不想咱的兩隻腳，掛在瓦簷上，縮身子的時候，腳上勁用重了，將那簷口上瓦踏碎，咯噔一聲，裏面早喊出來。幸虧愚兄走得快，還算不成叫他瞧見。」（第二百四十一回）原來，大俠也會犯小錯誤。

然而，真正的大俠是踩瓦不響的。

清代康熙年間的褚人獲在《堅瓠集》中講了一個「異俠借銀」的故事。當俠客及其朋友在光天化日之下從某徽商的布捆中「借」走了的千兩白銀之後，這位詭異的俠客居然向徽商公開宣布自己的身份，並言明某月某日定當連本帶利奉還。後來，果然說話算數，異俠不僅將錢如數歸還，還加上了較高的利息，而且因為晚了三天而更加一月之利。如此，則這兩位俠客真正體現了大俠的風範和精神，《儒林外史》中那位張鐵臂完全不能望其項背。更有甚者，全文最後忽然來了精彩傳神的一筆：

> 商問：「布捆不動，銀何從取去？」其人笑云：「吾自有取法，何必見問。」乃索酒共飲，且云：「吾輩何處不可取物，但恐貽累於人，故不為也。」飲至暮夜，友云：「可去矣。」二人步出中庭，一躍登屋，屋瓦無聲，人已不知去向。（《堅瓠餘集》卷一）

好一個「屋瓦無聲，人已不知去向」！有如此了得的輕功，異俠及其朋友從布捆中取千金難道不像探囊取物一般容易嗎？如果張鐵臂看到這種工夫，不知是汗流浹背呢？還是恨地下沒條縫鑽下去！或許，他會無動於衷。因為他根本上就是一個冒牌貨！

有趣的是，「異俠」與「張鐵臂」這真真假假的貨色，卻是通過「踩瓦」

這個細微的動作分辨出來的。或者說，吳敬梓通過踩得瓦響寫出了假俠的醜惡，而褚人獲則通過屋瓦無聲寫出了真俠的美好。

「踩得瓦響」，自然是技藝低劣的表現。但有時候，技藝高超的「飛簷走壁」者竟然故意踩得瓦響，以此驚動敵人，探聽虛實。《彭公案》第八十三回寫一女俠正在房中彈琴，不料被他爺爺的徒弟武傑偷聽，於是發生了下面一幕：

> 這位姑娘乃是勝奎的孫女兒，名叫玉環，性情剛暴，眾人皆怕，又有一身好武藝，會打幾樣暗器。今夜忽然琴斷一弦，留神一看，只見簾外房檐之上趴定一人。她站了起來，進東里間屋內去了。武傑並不知道她做什麼去，還望著屋中，看她是作何事故？那女子看見外邊有人，進到東里間屋內，取手帕把頭罩好，從牆上取下一口單刀，把後邊那扇窗戶一推，飛身出去，躥上後房坡，往前走了幾步，見那人還在趴著，也不知是誰？勝玉環故意踩得瓦簷一響，叫他回頭，好看看是誰。武傑回頭看她掄刀，趁勢落於就地，勝玉環就跟著跳下去了。

看過上面這段文字，首先解決一個令人費解的問題：那姑娘彈琴正有勁，為什麼忽然跑到屋簷上去抓人？原來是因為「今夜忽然琴斷一弦」，那麼，進而問之：琴斷一弦，怎麼就會知道有人偷聽？這個問題，筆者早在幾年前出版的《稗史迷蹤》一書中有所涉及：「如果在古人的日常生活中，有人彈琴，彈著彈著，琴弦『刮剌』一聲斷了，那又意味著什麼呢？對此，辭書中就很少解釋了。而在民間，稍帶一點迷信的說法至少有兩個：一是意味著主人不利，二是可能有人偷聽。」接下去，筆者還列舉了《警世通言・俞伯牙摔琴謝知音》和《玉燕姻緣全傳》第五十七回的兩個例子來印證第二個說法。這裡，《彭公案》中的描寫，應該是第三個例證。更有意思的是，此處所寫的武傑和勝玉環均乃武林才俊，而勝玉環的輕功更是了得。她都飛身上屋了，武傑卻沒有發現，直到那女俠故意踩得瓦響以驚動之，那「呆鳥」一般的少俠才回過神來趕緊逃命。可見，踩瓦響與不響，大可衡量一個俠客或者強盜的武功尤其是輕功的高低優劣。

「踩瓦」響與不響的問題，還不僅僅是一個技藝高低的試金石，有時候，對於踩瓦者而言，甚至是性命攸關的。且看下面這個令人匪夷所思的片斷：

> 女命眾睡，而自索茶壺及杯，獨歸上房闔門焉。宦驚心終不能釋，率眾執械守女室外。將近三鼓，微聞屋瓦鳴聲。宦急自庭隙窺之，則上房屋頂盜已滿矣。宦益失色，急再窺室，見女秉燭觀書，屋上有人如未之知也。少頃，屋瓦塊塊移而為隙，盜皆以一目下窺。此時宦已急不能耐，幾狂呼脫口，眾止之。見女斟茶徐飲，飲盡覆杯碎之，成細塊一堆。一手仍執書而閱，一手則拈杯屑彈之如兒戲。又頃，杯屑盡，女擲書滅燭睡。盜仍張目下窺，不去亦不下。宦終夜不敢寐，守之天明。女起啟門，命車眾登屋收盜屍，群始大異。及一一置階前而驗之，又無傷可得；細驗之，則雙目中微有血點耳。方知群盜皆為杯屑彈入目，貫腦而死也。（劍嘯《鏢師女》）

這位彈射「杯屑」而殺死眾賊的鏢師女其實是「一十齡丫角女，修眉星眼，杏臉桃腮，纖腰如柳絲，金蓮如鉤月，體態有弱不禁風之概」。當她的父親不在家時，她代替父親接了這趟鏢。一開始，主家根本不相信這位年少的女俠，因為她不僅不像個「俠」，而且什麼兵器都沒有準備。一直到最後她施展絕技消滅強盜以後，大家才對她刮目相看。由此，作者也就為我們留下了一位貌似文靜柔弱實則身懷絕技的少年女俠形象。

鏢師女的風姿我們且不去說它，值得注目的是，她在以「杯屑」彈射眾盜之前是怎樣發現敵情的？答案是：「微聞屋瓦鳴聲」。換言之，強盜在踩瓦時留下了細微的聲音。但僅僅就是這細微的聲音，卻被鏢師女發現了，這就證明這位少年女俠對「輕功」的在行，小小年紀就是此中高手。而就強盜一方而言，與其說他們是被鏢師女的「杯屑」射殺的，還不如說是被自己不太精湛的技藝「出賣」的。儘管他們比張鐵臂高出了許多，踩瓦時只是細微聲響，但還是落得個命喪黃泉的結局。如果張鐵臂來劫這一趟鏢的話，後果可能更慘，在鏢師女面前哪裏容得你踩得一片瓦響呢？不過，那麼一來，可就顯不出鏢師女明察秋毫的本領了。如果讓《堅瓠集》中的那兩位異俠來劫鏢，結果會如何？筆者不知道，只能說，肯定有戲！但無論如何，有一點我們要牢牢謹記：「踩瓦」響與不響，對俠客和強盜而言，都是個生命攸關的大問題。「踩瓦」響與不響，對上述小說作家而言，卻都是十分精彩的描寫。

最後還有一個問題，上述那些明清小說中「盜」與「俠」們踩瓦的響與不響的描寫，其文學淵源在何處？或者說，最早寫「踩瓦」與「響動」之關係的是哪部小說？據筆者所知，那是宋元講史話本中的一部，而其中的主人公竟然是一位「竊國大盜」。請看：

> 怎知朱三與劉文政卻去學習賭博，無所不為。又會將身跳上高牆，行屋上瓦皆不響；又會拳手相打，使槍使棒，不學而能。鄉里人呼他做「潑朱三」。(《五代史平話．梁史平話》)

這個「潑朱三」，就是朱溫，又名朱全忠。但實際上他卻是一個既不「溫良」又不「全忠」的惡劣軍閥。

真想不到是這麼一個狀況！

大煞風景的卑下而又肮髒的天外飛來物

如果在一場盛大隆重的酒席上，大家正喜氣洋洋的時候，忽然有一隻又臭又髒的黑乎乎的靴子或鞋子從天外飛來，恰恰打在湯碗之中，油水四濺，那該是多麼煞風景的事啊！在中國古代小說中，就有這種描寫。

> 楊四娶了黛玉，與一班賀客校書們在廳上飲酒看戲，熱鬧異常。忽然飛進一件黑物，不知是什麼東西，照著楊四席上掉將下來，乒乓劈拍，把一隻湯炒碗打得粉碎。那碗中的油湯雖四面濺將開去，卻大半在楊四身上，將一件簇新的衣服油污了一大塊。並且大家都嚇了一跳，連旁邊桌上的客人也立起來查問。及至眾人定睛一看，說也可笑，原來是一隻破靴。怎麼會飛到席上呢？待我細細表明，也是一個笑話。當時有個上菜的家人，手裏端著一盤菜，在戲臺邊經過，剛正做一齣好戲，他就偷看了幾眼，忘其所以，把手中的盤一側，將幾樣菜倒了出來，足有一半在地上。心裏一慌，要想用手去拾，就把那只盤放在地上。不提防竄過一隻狗，將盤裏幾碗整菜大嚼起來。他心裏恨得極了，提起一隻腳，照准那只狗狠狠踢去，那知腳上這隻破靴又寬又太，一用了力，狗尚沒有踢著，那隻靴早已生了翅膀，直向裏邊飛了進去，可巧落在主人桌上，油污了主人的衣服，也是不吉利的預兆。楊四命人查問明白，即將上菜的家人喚進來，剛要罵他一頓，忽聽旁邊桌上又是豁琅琅的幾響。楊四急回頭一看，卻是關武書、單趨賢二人。為因楊四那邊一聲響，吃了一驚，武書立將起來，回身觀看，忘卻手中有隻酒杯，就在自己坐的椅子上一放，此刻曉得那邊是隻破靴作怪，不覺好笑，

> 仍舊轉身坐下，又忘記酒杯在椅上，這隻杯兒怎禁得他屁股一壓，自然一聲響，坐得粉碎了。趨賢與他並坐，見武書直立起來，側身去看，那隻大衣袖子在桌面上一帶，又把自己的杯兒、超兒、碟兒都掉在地下，好一片清脆的聲音，惹得眾人拍手大笑。（《九尾狐》第七回）

首先弄清楚，這裡的「黛玉」可不是《紅樓夢》中的林黛玉，而是一名妓女的「徽號」。現在，她從良嫁人了，不料在她與丈夫楊四的婚宴上出了這麼一檔子事，一隻天外飛靴打進油湯碗中，弄髒了新郎的吉服。而這一事件，又引起連鎖反應，看熱鬧的賓客一不小心坐破了放在椅子上的酒杯，又引起另一位朋友的袖子對席面上的餐具來了一個大掃蕩。這一下可熱鬧了，大家在猛然一驚過後，禁不住拍手大笑。事後弄清楚了，這一偉大的行動，原來是端盤子的僕人憤怒踢狗而造成的。但是，驚也好、笑也好、怒也好，有一點卻必須表明，發生這種事，一般認為會對主人不利。果然，《九尾狐》的後面，就寫了許多這方面的故事。這且不論。如果對中國古代小說較為熟悉的讀者，讀到這一片段的時候，理當發出會心的微笑，這種製造特殊效果而進行特殊諷刺的方法是來自於諷刺小說之王——《儒林外史》。不信請看：

> 須臾，酒過數巡，食供兩套，廚下捧上湯來。那廚役雇的是個鄉下小使。他靸了一雙釘鞋，捧著六碗粉湯，站在丹墀裏尖著眼睛看戲。管家才掇了四碗上去，還有兩碗不曾端。他捧著看戲，看到戲場上小旦裝出一個妓者，扭扭捏捏的唱，他就看昏了，忘其所以然，只道粉湯碗已是端完了，把盤子向地下一掀，要倒那盤子裏的湯腳，卻叮噹一聲響，把兩個碗和粉湯都打碎在地下。他一時慌了，彎下腰去抓那粉湯，又被兩個狗爭著，咂嘴弄舌的來搶那地下的粉湯吃。他怒從心上起，使盡平生氣力，蹺起一隻腳來踢去，不想那狗倒不曾踢著，力太用猛了，把一隻釘鞋踢脫了，踢起有丈把高。陳和甫坐在左邊的第一席，席上上了兩盤點心，一盤豬肉心的燒賣，一盤鵝油白糖蒸的餃兒，熱烘烘擺在面前，又是一大深碗索粉八寶攢湯，正待舉起箸來到嘴，忽然席口一個烏黑的東西的溜溜的滾了來，乒乓一聲，把兩盤點心打的稀爛。陳和甫嚇了一驚，慌立起來，衣袖又把粉湯碗招翻，潑了一桌。滿坐上都覺得詫異。魯

> 編修自覺得此事不甚吉利，懊惱了一回，又不好說。(《儒林外史》第十回)

兩相比較，江陰香在《九尾狐》中的那段描寫，是在繼承吳敬梓《儒林外史》中這段描寫的前提下稍有變化的。這種變化，當然不在於飛到席面上的究竟是飛靴還是飛鞋，也不在於那一隻或兩隻的狗是爭菜還是搶湯，甚至也不在於被湯濺了一身又衣袖掃了一桌器皿的是一個人還是兩個人，那麼，「在於」什麼呢？在於兩本書都表示這種現象不吉利，但《九尾狐》只是一筆帶過：「也是不吉利的預兆」，而《儒林外史》卻是重筆收束：「滿坐上都覺得詫異。魯編修自覺得此事不甚吉利，懊惱了一回，又不好說。」這種區別，似乎說明江陰香在寫這個故事的時候，有點兒從前人的小說中順手抓哏以點綴自已作品的意味，而吳敬梓卻是一無依傍，自鑄微詞來深刻反映書中人物的命運和結局。

進一步的問題在於，吳敬梓真的一無依傍嗎？好像得聲明一下，筆者這裡所說的一無依傍指的是在中國古代小說史上一無依傍，如果一定要刨根究底的話，吳敬梓的這段描寫還是有一定歷史事實作依據的。

在上述那段描寫後面，評點者已然指出了這事實的根據。「天二評」與「平步青評」均謂：「釘鞋一段本《宋書．劉敬宣傳》。」

那麼，在南朝歷史人物劉敬宣身上難道也發生了「天外飛靴」攪亂宴席的大煞風景的事嗎？而且這事對劉敬宣的生死存亡起到了至關緊要的預示作用嗎？

正是如此。請看：

> 司馬道賜者，晉宗室之賤屬也。為敬宣參軍。至高祖西征司馬休之，道賜乃陰結同府辟閭道秀及左右小將王猛子等謀反。道賜自號齊王，以道秀為青州刺史，規據廣固，舉兵應休之。敬宣召道秀有所論，因屏人，左右悉出戶，猛子逡巡在後，取敬宣備身刀殺敬宣，時年四十五。文武佐吏即討道賜、猛子等，皆斬之。先是，敬宣未死，嘗夜與僚佐宴集，空中有放一隻芒屩於坐中，墜敬宣食盤上，長三尺五寸，已經人著，耳鼻間並欲壞。頃之而敗。喪至，高祖臨哭甚哀。(《宋書．劉敬宣傳》)

首先，我們來弄清這一次天外來物——飛屩是什麼東西。屩，其實就是草木履，是古人出門時穿的一種輕便的鞋子。一個大官劉敬宣在與僚佐們宴集之時，空中突然飛來一隻別人穿過的芒屩，掉在主人的食盤上，這是多麼煞風景的事！但是且慢！煞風景是小事，殺酮體則是大事！不久，這位劉大人果然被叛逆的部下殘殺於秘密會議之時。可見，這天外飛來的鞋子之類真是不祥之物。

大煞風景的卑下而又肮髒的天外飛來物，原來是不祥之物！

從飛屩到釘鞋，再到破靴，它們從天外飛來，重重地落在宴會上的杯盤碗盞之中，它們所承載的卻是一種文化，一種不能被科學證明卻被老百姓廣泛接受的神秘文化。

問題在於，諸如此類的東西在我們的國度太多了一點。

太虛幻境中的機構

《紅樓夢》對中國小說史的貢獻是多方面的，但曹雪芹恐怕不會料到，後世作家會對他所虛構的「太虛幻境」中的若干機構產生濃厚興趣。有些作者甚至忍不住手癢，居然打破曹氏專利藍圖，重構太虛幻境各部門。

為了說明問題，我們還得先將曹雪芹親筆繪製的太虛幻境機構設置藍圖先拿出來曬一曬。

> 寶玉聽說，便忘了秦氏在何處，竟隨了仙姑，至一所在，有石牌橫建，上書「太虛幻境」四個大字，兩邊一副對聯，乃是：「假作真時真亦假，無為有處有還無。」轉過牌坊，便是一座宮門，上面橫書四個大字，道是：「孽海情天」。又有一副對聯，大書云：「厚地高天，堪歎古今情不盡；癡男怨女，可憐風月債難償。」寶玉看了，心下自思道：「原來如此。但不知何為『古今之情』，何為『風月之債』？從今倒要領略領略。」寶玉只顧如此一想，不料早把些邪魔招入膏肓了。當下隨了仙姑進入二層門內，至兩邊配殿，皆有匾額對聯，一時看不盡許多，惟見有幾處寫的是：「癡情司」，「結怨司」，「朝啼司」，「夜怨司」，「春感司」，「秋悲司」。（第五回）

首先辨明，由於《紅樓夢》版本太多，異文也隨處可見，就在這太虛幻境的結構圖中，就有幾處異文。僅舉關鍵的一例：上引所據的版本，是以庚辰本為底本的，其中的「夜怨司」，在以程乙本作底本的出版物中作「暮哭司」。一般認為，庚辰本比較接近曹雪芹原著，而程高本則可能經過後人修改。這些問題，這裡不作糾纏。筆者倒是認為，僅就將「夜怨司」改作「暮哭司」這一點而言，當以程高本為佳。因為上文已經有過「結怨司」了，緊接著就出現「夜怨司」，顯得語言重複。恐怕是曹雪芹此處尚未定稿的緣故，到後來定稿時，想來他自己也會改的。至於是否改為「夜哭」，那又是另一回事。

再往後，自乾、嘉之交開始，《紅樓夢》的續書仿作層出不窮。僅筆者所知，清代現存的至少有：逍遙子《後紅樓夢》、秦子忱《續紅樓夢》、海圃主人《續紅樓夢新編》、蘭皋主人《綺樓重夢》、陳少海《紅樓復夢》、夢夢先生《紅樓圓夢》、嫏嬛山樵《補紅樓夢》《增補紅樓夢》、歸鋤子《紅樓夢補》、花月癡人《紅樓幻夢》、雲槎外史《紅樓夢影》、吳趼人《新石頭記》等十多部。這些《紅樓夢》的續書，大多寫到太虛幻境，其中，還有更進一步重構太虛幻境各部門者，這就形成了一道奇特的「紅樓系列」風景線。

這些續作者，對《紅樓夢》原著中太虛幻境各「司」的命名有不同的看法，有人順著曹雪芹的意思往下編：

> 仙姑道：「今日引妹妹歸來，一結前因，再成後果。我和你各處領略一番。」說畢，同黛玉到多情司、薄命司、墮淚司、斷腸司、銷魂司、顧影司、悵望司、凝想司、感月司、惜花司、悲風司、怨雨司等處，一一細看。（《紅樓幻夢》第一回）

這位花月癡人，在雪芹曹子「癡情司」，「結怨司」，「朝啼司」，「夜怨司」，「春感司」，「秋悲司」的基礎上，將那種種悲傷情懷進一步細化，差不多用盡了人世間表現悲傷的、惆悵的、痛苦的、哀愁的，總之是不如意的情狀的詞彙和意象，雖然有些瑣碎得令人厭煩，但基本上還是秉承曹雪芹原意的。另外的一些續作者可就不一定這樣了，如下面的這一位的構思：

> 乍若御風、又如乘霧，一會兒便瞧見前面一座白石牌坊，上書「太虛真境」四大字，心想：他們都說的「太虛幻境」，這牌坊上分明寫著「真境」可見凡事非親眼見的不能作準。又看那兩旁還有七言對聯，是：「有盡歸無無是有；真須成假假為真。」轉過去是一座宮門，也有「福海情天」四字橫匾，又有一幅長聯，是：「厚地高天，有情人長如滿月；方壺員嶠，無邊景總占芳春。」探春初次來此，以為這就是赤霞宮了。走進二層門內，只見兩旁配殿還有許多匾額，約略看了幾處，是「鍾情司」、「種福司」、「朝歡司」、「暮樂司」、「春酣司」、「秋暢司」。心想，赤霞宮裏沒聽說有這許多司，這裡又一無設備，只怕是走錯了。（《紅樓真夢》第六十四回）

《紅樓真夢》是一部晚起的紅樓續書，流傳於民國年間。按理，已經經過個性高漲的人文思潮的薰染，這本書是不應該與曹雪芹唱反調的。但實際上，續作者郭某與曹侯思想大相徑庭處在書中比比皆是。就拿這太虛幻境的諸司命名而言，就全都與《紅樓夢》立意相反，說什麼「鍾情」、「種福」、「朝歡」、「暮樂」、「春酣」、「秋暢」云云，多麼現實，多麼實在，又多麼世俗，多麼庸俗！就連那太虛幻境的主題詞：「厚地高天，堪歎古今情不盡；癡男怨女，可憐風月債難償」，他也要改成「厚地高天，有情人長如滿月；方壺員嶠，無邊景總占芳春」。倘若曹雪芹地下有靈，看到這種地方，估計也會氣得個「發昏章第十一」的。

還有的續作者，雖然大體上沒有違背曹雪芹原意，但卻將太虛幻境變成了「太虛實境」。將那些安放千紅萬豔芳魂的地方，分給金陵十二釵們實實在在的靈肉共存地居住。

> 秦可卿道：「這裡叫做太虛幻境，又叫做芙蓉城，有一位警幻仙姑總理這裡的事。那中間向北的正殿，便是仙姑的住處，東邊一帶紅牆是元妃娘娘的赤霞宮，西邊一帶粉牆是林姑娘的絳珠宮，中間朝南的是芙蓉城的正殿，那朝南東西兩邊的配殿都是『怨粉』、『愁香』、『朝雲』、『暮雨』、『薄命』、『癡情』等司，就是我們這些人的住處了。」（《補紅樓夢》第二回）

秦可卿等人，就這樣住進了「芙蓉城」的「配殿」裏。這還只是嫏嬛山樵在《補紅樓夢》中的初步安排。到了這位不砍柴而侃大山的樵夫的續作之續作《增補紅樓夢》中，他乾脆當起了分房委員會主任，給紅樓諸豔搞起了「安居工程」。

> 原來元妃已不在赤霞宮住，現與警幻仙姑、妙玉、惜春、紫鵑五人同居警幻宮中。那東邊赤霞宮卻是寶玉、迎春、探春、晴雯四人同住。西邊絳珠宮是寶釵、黛玉、金釧、襲人四人同住。南邊芙蓉城正殿是柳湘蓮、尤三姐住。那兩邊配殿「春感司」是岫煙、香菱、麝月三人住，「秋悲司」是巧姐、喜鸞、玉釧三人住，「怨粉司」是尤氏、四姐、彩雲三人住，「愁香司」是湘雲、寶琴、彩霞三人住，「朝雲司」是李紈、李紋、碧痕三人住，「暮雨司」是平兒、李綺、秋紋三人住，「癡情司」是可卿、鴛鴦、瑞珠三人住，「薄命司」是鳳姐、尤二姐、柳五兒三人住。那鍾情大士分隸在赤霞宮中。癡夢仙姑分隸在絳珠宮中，引愁金女分隸在警幻宮中，度恨菩提分隸在

芙蓉城正宮中。其時關蓉城中，人已齊了，便分派已定。（《增補紅樓夢》第三十一回）

其實，筆者覺得就是按照世俗的觀點，嫏嬛山樵的「分房政策」也有很多紕漏，甚至有很多不合理處。首先一條，為什麼要將賈寶玉和林黛玉分開？如果說因為風化問題要讓他們東飛伯勞西飛燕的話，那麼，又為什麼要將寶二爺和寶二奶奶分開？那不是人為造成夫妻兩地分居嗎？如果說，太虛幻境是一個講原則、講道德而不講感情、緣分的地方，那又為什麼要將柳湘蓮和尤三姐分配到一起？是要撮合他們雙棲雙宿嗎？最令人感到不安的是，作者居然將王熙鳳與尤二姐給弄到一個籠子裏。這不是製造矛盾嗎？難道太虛幻境有太多的金子，能夠讓可憐的尤二姐一遍又一遍地吞下去，將她的胃打造成刀槍不入的「金品」嗎？如此種種，或不合常理，或滅絕人道，連常理和人道都通不過，讀者能接受嗎？無怪乎這樣的作品長期以來無人問津了。

其實，在當時參與改造太虛幻境的尚不僅止於《紅樓夢》續書的炮製者們，還有仿作者，也不可避免地要仿製和改造太虛幻境。當然，仿作者的改造力度較之續作者可是要大多了，因為他們從人物到故事都要另起爐灶嘛！至少在形式上要花樣翻新吧！包裝誰不會，連過度包裝古人都會！且看經過晚清著名小說家兼小說評點家鄒弢先生最新包裝的太虛幻境。

女媧乃於屏幛中別啟一門，上邊鐫刻四字，曰「色空分界」。外建一亭，名其曰「有情天」，又曰「離恨天」。於是廣造宮殿樓閣，女媧之宮曰「離恨天宮」。杜蘭香之宮曰「百花宮」。因杜蘭香最愛蘭花，又於百花宮後山上另造一宮，曰「畹香宮」，為養息退居之所，並多養珍禽異獸，遍栽瑤草琪花，特創河山，重更日月。上帝喜其有功，果封女媧為離恨天宮太君，杜蘭香為畹香宮幽夢靈妃，仍為萬花總主，帶領群仙，辦理花政，所有女魂均歸管束，食以情海之波，善為扶持，勿生煩惱，惟不可妄生分外之事。又以女人品類不齊，故特編分群類，曰「癡情司」，曰「結怨司」，曰「啼哭司」，曰「悲感司」，曰「含冤司」，曰「引咎司」，曰「熱腸司」，曰「冷抱司」，曰「慧業司」，曰「風流司」，曰「疑妒司」，曰「嫵媚司」，凡十有二司。即以各位散花神分班兼值，旁建百花宮，亦以仙子女魂性情相近者，論其資格，充當花神。（《海上塵天影》第一章）

換湯不換藥！這應該是所有讀過這段文字的讀者的共同感受。但平心而論，鄒先生還是有一些創造的，他在依照《紅樓》悲劇精神設置機構的基礎之上，又適當滲入了一些「現實」的感受和享受。諸如「引咎」「熱腸」「疑妒」「嫵媚」云云，恐怕是出乎曹雪芹前輩想像力之外的。

問題在於，悲情的老曹為什麼這樣悲劇呢？

因為他是唯一的，不可複製的。

被夾死的證人

清雍正五年（1727），廣東番禺發生了一件震驚朝野的人命大案。商人梁天來和監生凌貴初本係親戚，後因風水問題發生矛盾。最終，升級到凌貴初糾結強盜，對梁家縱火打劫，致死梁家婦女當場殞命者七人，其中有一孕婦，故造成「七屍八命」慘案。後來，歷經知縣、知府、按察使（相當於省級法院院長）、巡撫（相當於省長）層層審理，都因為凌貴初賄賂重金，終至沉冤莫雪。直到梁天來冒著生命危險赴京告御狀，才撥雲見天。清代，根據這一事件寫成的章回小說至少有兩部，一是刊行於嘉慶年間的安和先生之《警富新書》（又名《七屍八命》），一是光緒年間連載於《新小說》的吳趼人之《九命奇冤》。之所以書名改「八命」為「九命」，乃是因為在案件審理過程中，兩書都寫到按察司的差役受賄夾死證人張鳳，吳趼人加上此一條人命之故。

而這被夾死的證人，就是本文講述的重點。

這個證人名字叫張鳳，是一個長相不佳而心地正直的熱血男兒。《警富新書》和《九命奇冤》對他的死都有頗為動人的描寫：

> 焦公默然良久，乃將貴與訴詞三番四復細閱幾遍。閱畢，勃然變色，責張鳳曰：「看汝這不逞之徒，鶻眼鷹頭，必非善類！如此偷閒放蕩，不治營生。既無恆產，必無恒心。原告已具遵依，干證何得滋事？本司洞鑒肺腑，豈容汝流丐誣捏斯文哉？」立時上起夾棍，叫其從實招來。張鳳所供如故。天來見張鳳夾得如花似粥，不禁淒然，近前叫聲：「張哥」，曰：「爾可順口供來，免至命歸黃土。」張鳳搖首曰：「刑法可以亂行，我口不可以亂說！」天來以袖與他拭淚，眾皁隸一齊發力，張鳳仰天哀喊。是時九月初旬，天朗氣清。

> 忽然陰雲密布，風雨將來。焦公退入後堂。天來哀求六、七人，暫鬆棍索。誰想這班皁隸私受貴與五百餘資，恨不能早日夾斃，各各分肥。此時張鳳受苦難堪，哀叫天來曰：「梁大爺，梁大爺！吾困矣，吾命休矣！吾與大爺永訣矣！」言罷，大小便一齊迸出，長歎一聲而逝！（《警富新書》第十七回）
>
> 焦按司喝道：「看你這鷹頭鼠眼，必非善類，不動大刑，你如何肯供！」說罷，又喝一聲夾起來。左右差役，一齊動手，把張鳳牽翻在地，上了夾棍，將麻繩收了一收。張鳳大叫道：「冤枉呀！青天大人！冤枉呀！」焦按司喝一聲收，左右又收了一收。張鳳大哭起來，禁不得這一班如狼似虎的差役，受了貴興的五百贓銀，黎阿工又雜在裏面，巴不得馬上送了他的性命，好去取銀，捉住繩頭，狠命的收。只夾得張鳳眼中火光進裂，耳內雷鼓亂鳴，從腳箍拐上，一直痛上心脾。天來看見，不由的心膽皆裂，對著張鳳道：「張大哥！你隨便甚麼，胡亂招了吧！」張鳳搖頭道：「夾死我也不！……」眾差役恐怕他真個胡亂供了，鬆了夾棍，夾他不死，不好向貴興要錢，所以聽見天來對他說這句話，格外用力的一收。可憐張鳳回答的一句話都沒有說得完。便大叫一聲，大小便一齊迸出，死在夾棍之下。眾差役故意低頭把他細細的一看，方才稟道：「張鳳夾暈了！」焦按司道：「噴醒他再問。」說罷起身退堂。（《九命奇冤》第二十三回）

二書在細節描寫方面有明顯的不同：如《警富新書》忙中偷閒居然有幾句景物描寫，而《九命奇冤》則寫出了眾衙役的謊言欺騙上司；再如《警富新書》對張鳳的描寫重在受刑時的語言和動作，而《九命奇冤》則重在張鳳的受刑時的心理感受和身體承受。但是，二書寫張鳳之死時更多的卻是共同點：第一，按察使焦大人拷打張鳳的理由是莫名其妙的：「看汝這不逞之徒，鶻眼鷹頭，必非善類！」「看你這鷹頭鼠眼，必非善類。」這真是豈有此理的邏輯，一個長得難看的人內心就一定骯髒嗎？就必然是不法之徒嗎？就一定會做假證嗎？但這位焦大人就是這樣推理的，於是在「不動大刑，你如何肯供」的吆喝聲中，清正廉明的省級法院大堂上給無辜而正直的證人上了大刑夾棍。第二，張鳳在被嚴刑拷打的時候，維護了證人的良心和尊嚴，或搖首曰：「刑法可以亂行，我口不可以亂說！」或搖頭道：「夾死我也不！……」張鳳其實是一個再普通不過的老百姓，能在封建官府的淫威之下堅持正義，明辨是非，甚至以死相搏，這樣的人物，在中國文學史上頗為罕見，甚至可以譽之為中華民眾的脊樑！第三，苦主梁天來的形象也塑造得不錯，或見張鳳夾得如花似粥，不禁淒然，近前叫聲：「張哥」，曰：「爾可順口供來，免至命歸黃土。」或不由的心膽皆裂，對著張鳳道：「張大哥！你隨便甚麼，胡亂招了吧！」這些描寫意味著什麼？意味著封建官府濫用刑法、拷打證人的行為甚至到了原告寧願輸了官司、不敢再告狀的地步！社會之齷齪，吏治之混亂，司法之黑暗，不僅止於令人髮指，簡直就是無可救藥了！當然，這裡也體現了梁天來的善良與忠厚。第四，衙役公差得了凌貴初的賄賂，必夾死證人而後快。「誰想這班皂隸私受貴興五百餘資，恨不能早日夾斃，各各分肥。」「眾差役恐怕他真個胡亂供了，鬆了夾棍，夾他不死，不好向貴興要錢。」公人見錢，猶如蒼蠅見血，這是中國古代很多小說作品中的描寫，然而，卻很少見到像這兩本書中所描寫的心黑如墨、血冷於冰的衙役公差。生活在這樣的時代、這樣的地域的草民百姓，還有活下去的勇氣和希望嗎？第五，證人張鳳死得極其淒慘：「大小便一齊迸出，長歎一聲而逝！」「大叫一聲，大小便一齊迸出，死在夾棍之下。」人在這裡，簡直豬狗不如，牛馬不如，草木不如，芥子不如，被徹徹底底地「動物化」「植物化」了。什麼叫草菅人命？兩部小說的描寫給我們做出了慘絕人寰而又銘心刻骨的答案。

如果說，證人張鳳被夾死的描寫僅僅出現在梁天來案件的《警富新書》和《九命奇冤》這兩本書中還只能算「一事二書」的孤證的話，那麼，出現於二書之間刊行於咸豐元年的小說《繡球緣》中同樣對證人當堂被夾死的描寫，則充分體現了這種官府殘害證人的事在當時絕非僅有。且看那本書中的描寫：

> 張玉昏過，哭道：「小民拼死拼生公堂作證，實望青天拘凶償命，使白髮紅顏伸冤地下，豈料黨惡封冤，屠證滅口。小民雖死，誓必陰噬胡賊，殺卻姦污，快息冤魂怨魄！」縣主大怒，喝叫左右夾起。眾役把張玉夾住，張玉昏迷數次。百容在旁淚如雨下，叩頭雪辯。縣主總總不理，拍案喝招。張玉抵死嚎冤，罵不絕口。縣主連連拍案，喝眾役抽緊夾棍。張玉抵當不住，雙手一鬆，雙眼一閉，昏死在地。縣主忙叫鬆夾，命取水沃噴，噴之不醒。（《繡球緣》第五回）

這裡的描寫，相對於《警富新書》和《九命奇冤》而言，要簡略得多，但也有上述二書所不及處。證人受刑之後，竟至不顧一切，將指斥的矛頭直對官府：「小民拼死拼生公堂作證，實望青天拘凶償命，使白髮紅顏伸冤地下，豈料黨惡封冤，屠證滅口。小民雖死，誓必陰噬胡賊，殺卻姦污，快息冤魂怨魄！」這充滿冤屈和仇恨怒罵，在那樣的社會，恐怕也要算時代最強音了！

證人死了。

證人被昏官夾死了。

證人在被告行賄差人受賄官府草菅人命的前提下被夾死了！

而且，這種現象在中國封建時代並非個別，不能用「純屬偶然」來搪塞。

那麼，這樣一些小說的這樣一些描寫，對我們今天的法治建設是否有警示作用、借鑒作用？

我想是有的。

罪惡的鴉片

鴉片傳入中國，並被某些國民吸食，最遲不會晚於清代雍正年間。且看來自官方和民間的兩個證明。其一，雍正七年七月二十六日，福建巡撫劉世明上奏：「外洋製就鴉片煙一種，最能滛蕩人心，貽患不淺。」此為官方文件。其二，福建藍鼎元，號鹿洲，於雍正五年兼任廣東普寧、潮陽縣令，他在《鹿洲初集》卷二中說：「鴉片煙不知始自何來，煮以銅鍋，煙筒如短棍。無賴惡少，群聚夜飲，遂成風俗。」此可視為民間記載。乾隆以降，情況日益嚴重，據統計：「在乾隆三十二年（一七六七年）以前，每年進口不超過二百箱。可是以後，鴉片進口數量逐年增加，在五十年內已增到一年進口七千箱。特別是在道光四年到十七年的十餘年間，鴉片每年進口由一萬二千六百三十九箱，猛增到三萬九千箱！」（李治亭《清代歷史故事》）

從此以後，鴉片可就在中國大地泛濫成災了。清代小說，對此多有描寫。首先，我們來看晚清小說家在自己筆下對煙鬼的「咒罵」性描寫：「說一個煙鬼：『爬起身來，昏天黑地；吃起煙來，歡天喜地；放起屁來，薰天觸地；高起興來，談天說地；做起事來，有天無地；發起癮來，怨天恨地；討起賬來，求天拜地；躲起債來，鑽天入地；相起罵來，皇天搗地；明起誓來，指天畫地。』」（彭養鷗《黑籍冤魂》第十三回）「戲仿《陋室銘》作《煙室銘》一則云：『燈不在高，有油則明；斗不在大，過癮則靈。斯是煙室，惟煙氣馨。煙痕沾手黑，灰色透皮青。談笑有蕩子，往來無壯丁。可以供夜話，閉月經。笑搓灰之入妙，怪吹笛而無聲。癮過心頭樂，癮發涕淚零。煙鬼云：欲罷不能！』」（同上，第二十二回）尤其是諷刺吸食鴉片者的一幅對聯：「雲霧叢中一失足成千古恨，煙霞窟裏再回頭已百年身。」（《蜃樓外史》第二十四回）堪稱精練而警策。

這些，還只能算作帶有調笑意味的諷刺之作，而同時的有些作品，可就具有十分濃厚的悲劇意味了。吳趼人有一篇白話短篇小說也叫《黑籍冤魂》，講了一個關於鴉片毒害國民的故事。一嗜煙者至死不改，結果家破人亡，妻子、兒子都死了，女兒被騙成為娼妓，而他自己淪為車夫，也發病死在了馬路上。該篇是通過「自敘」的方式展開的，且看最後淒慘的一幕：

> 一天晚上，我停了車在一品香門口等生意，忽見一個娘姨，提了一枝水煙袋，攙了一個小清倌人出來叫車，我便車迎上去一步，問到那裡？那娘姨看了我一眼，說道：「鴉片煙鬼，走不動，不要。」便另外叫了一輛車，帶了那小清倌人坐上去。我留神對那小清倌人一看，不覺大驚，原來不是別人，正是我的女兒。正待叫時，那車已轔轔然去了。我連忙拉了空車，飛也似的趕了上去，好在走不多路，到了東尚仁門口，便下車進巷去了。我便撇下空車跟了進去，對那小清倌人叫了一聲「阿寶」，原來這「阿寶」是我女兒的小名。我叫了一聲，他也看我一眼，好像是不認得我了。我便道：「阿寶，你不認得我了嗎？你不是說到人家做養媳婦的嗎，為什麼到了這些地方來？……」我說話未完，那娘姨便搶著道：「你是什麼人？什麼阿寶、阿寶，你只怕眼見鬼了！」一面說，一面攙著那小清倌人急急而行。我跟在後面道：「阿寶是我的女兒，見了面如何不叫，什麼鬼不鬼！」那娘姨便大聲叫道：「阿大叔：有人拆梢啊！」前面便有一個鱉腿跑了過來道：「那個拆梢？」原來他這鱉腿是步行跟著的，到了巷裏，他便先行，此時跑了過來。那娘姨便指著我道：「這個殺千刀，嘴裏什麼女兒啊阿寶的亂說。」鱉腿道：「不要理他。」說著便押在後面。我仍舊跟著，七彎八曲到了一家門口，他們進去了。我要跟進去，那鱉腿擋住要攆我，我便哭喊起來，死命要進去，見見女兒的面。誰知裏面一擁，出來了六七個人，把我一頓毒打，打得周身疼痛。無可奈何，只得跑了出了，誰知我的空車早不見了，也不知是礙路違章被巡捕拉去？也不知是被別人偷了去？當夜我也不敢回車寓裏去，只得到老北門城門洞裏挨了一夜。到了次日，我便得了個傷寒病，又下煙痢。

最後，這個可憐蟲在喪失了一切以後，帶著遺憾和懺悔離開了這個世界。如果說，這個可憐蟲的悲劇結局在當時尚屬個案的話，那對於國計民生也沒有多大的干礙。令人恐懼的是，吸食鴉片，在當時的中國可是一顆巨大的毒瘤。有一位小說家叫詹熙，他寫了一部長篇小說名叫《花柳深情傳》，該書所反映者，乃鴉片、時文、小腳三大社會問題。其中，尤以鴉片害人更深。作者對此三事深惡痛絕，幾乎以全部篇幅、以各種人物事例來描摹之、咒罵之、譏誚之、批判之。且看書中挖苦參加科考者煙癮大發作一段：

> 隱仁自攜了考具，氣喘得了不得，隨將丸藥拼命咽嚼，滿口苦水。欲要吃煙，卻不能開盤，只得立了燒煙，風又大，燈焰閃爍不定，煙不能進斗，隱仁著急，看見別人皆是吞泡，不得已亦吞了兩個，卻不能過癮。正在無法，聽得廊外叫看題目，隱仁一看監生題是「以粟易之」，自己暗笑，原來此題是笑捐監生的。卻將做文章丟開一邊，要想過癮要緊，左思右想，只得吞膏，卻忘記帶茶壺，又無熱茶過口，心中難過萬分。過了一時，眼中火冒，鼻內煙生，吞得多了，舌上便覺起了殼一般，勉強打起精神做了一短篇。……因堂上催卷子甚急，只得交了。收拾考具出至廊下，渾身似汗，自知身體虛弱恐要脫癮，急急挨到二門口，見人尿滿地，臭氣難聞，有許多人在尿地中擺開盤過癮。隱仁說：「妙極！」也顧不得尿不尿，亦將考籃內煙盤擺開，用書卷遮著風正要燒煙，不料一失手，一大缸大土膏翻得乾乾淨淨，並將煙缸打破。隱仁著急，只得用指頭刮起，用鼻一聞，大半皆作尿臭，於是隱仁全身倒在尿中即燒了一口，正如餓鬼搶齋，不辨香臭。到第二口覺得全是尿氣不能入口，便登時作噁心。先前不覺如此之難過，如今更難過萬分了。（《花柳深情傳》第五回）

你看這樣的知識分子，這樣的參加科考、有可能成為國家「精英」的知識分子，將來當了官更有可能決定國家和人民命運的知識分子，原來就是一個不折不扣的大煙鬼。離開了鴉片，他百無聊賴、他寸步難行、他醜態百出，他簡直不能生活下去！

不僅知識分子如此，當時社會中的各行各業、男女老少，都有吸食鴉片者。晚清彭養鷗《黑籍冤魂》，與吳趼人那一篇同名，不過，這可是長篇小說。該書以鴉片世家為描寫線索，以鴉片毒害國人為敘事中心，生動地再現了形形色色的鴉片吸食者的醜態。其中，有數代「正宗」的吸煙世家，有新郎、新娘同吸鴉片，有賊與捕役都吸鴉片，還有做小生意者、轎夫、乞丐全都要吸煙，就連新生兒也要被噴煙，甚至連煙鋪的老鼠都有煙癮，不吸煙就會發生鼠疫。在各種場合，「黑籍冤魂」們都忘不了吸煙。身為知府因吸煙而於匆忙之際不穿鞋子參見上級撫臺大人，身為奴僕者在嫖妓時也要先吸煙，在岳父慘死妻子生產的關鍵時刻丈夫卻在抽煙，就連參加科舉考試的生員在考場中也忘不了吸煙。書中諷刺批判吸食鴉片的妙語、警句多多，聊舉數例：「這吃煙方法，不是由英人傳授，也不是由印度人教導，蓋英人印度人會販會種，都不會吃，且亦不許吃，這吃煙法子，實是我們中國人發明的。」（第二回）「吾奉帝旨搜羅考試不到考者，牽赴市曹行刑。冥王有令：凡患病有事故不到者均免，獨吸煙、賭博、宿娼三等人，例所不赦；而吸煙者，受罰尤應加酷。」「問：『煙鬼許投胎乎？』曰：『與他鬼同，凡人間弱種，皆煙鬼投來。』」（第二十四回）

《黑籍冤魂》之外，大面積描寫鴉片的還有《蜃樓外史》一書。該書自二十四回至三十回，乾脆將鴉片編成一個長長的故事，又是什麼黑國、紅國、哈密國，又是什麼女妖、「鶯粟」、「阿芙蓉」，寫得生動異常，也曲折有致，當然，其中的諷刺也頗為深刻。有一些片斷，也很生動真切：

> 早見他把那鐵釬一轉向上，霎時間又變了一個龍眼似的大泡，在左手第二個指頭上一滾，復向匣中挑些在燈上又燒又滾，如此幾次，竟把那個什麼延壽膏烘乾滾成蓮子大的一顆，拿著那根竹管子就著燈頭，將那蓮子般的東西安在竹管子中間灣出來的一個小門之上，又用手指捏緊了，然後把那鐵釬子戳了一個眼，自己先在那竹管子的頭上吹了一吹，又將手在口上抹過，方將那根竹管子送與楚材手內，那人又把手來捧住了竹管子的下半截。楚材因見人家吸這東西都是把來銜在口中的，因此也將那竹管子用勁咬住。那人就把那根竹管湊在燈上，叫楚材嗅。楚材便使勁地嗅了一口，再要嗅第二口，那裡曉得已經塞窒不通，再也嗅不動。他只得放手，那人復又將竹管子就著燈頭重新燒煮了一回，仍舊把來捏圓了，又將鐵釬子戳一下，遞與楚材再嗅。如此數起，半嗅半燒，才將蓮子大的延壽膏嗅盡。文龍看了笑道：「什麼叫作延壽膏，若照這樣的費力，就是仙露瓊漿小弟也不願去吃它。大哥嗅著可有甚鮮味麼？」楚材笑道：「這個東西還說得起什麼鮮味哩？起初第一口倒覺得有些清香，

不期後來漸漸地口都嗅苦了，而且異常口渴，若果真可以延壽，想來斷不至於如此難吃。」（第二十四回）

說到這裡，一個嚴峻的問題就被擺到桌面上來：既然吸食鴉片有如此嚴重的後果，當時的政府為什麼不管？有識之士為什麼不發表意見？其實，當時政府中的有識之士倒的的確確是採取了強硬措施的，林則徐虎門銷煙難道不就是最典型的例證？甚至為了「鴉片」還引起一次次的「戰爭」，甚至一個小小的鴉片還將中國從純粹的封建社會帶入半殖民地半封建社會。只是，為數可觀的中國國民有著強烈的「隨風倒」意識和「出風頭」習慣。任何一件事來了，看見別人這樣了，就想到我為什麼不能這樣？他也是人，我也是人嘛！甚至我還要比他更上一層樓。吸鴉片一陣風，外宅婦一陣風，打馬弔一陣風……。自古皆然，直到今天還意猶未盡，不過，將吸鴉片變成吸毒，外宅婦變成包二奶，打馬弔變成打麻將。這樣，也就形成了社會三大毒瘤——黃、賭、毒。其實，人人都知道黃、賭、毒的危害，但有些人偏偏深陷其中而不能自拔，其奈他何？這樣的問題，僅僅靠政府、靠有識之士的管理、教育是不能解決根本問題的，問題的關鍵是提高國民素質。然而，提高國民素質這樣的事，說起來容易，做起來實在太難。因為素質低下者不僅僅只是某些普通人，甚至還有社會上層的高級人士。而且這種「知法犯法」甚至「執法犯法」的現象也不是今天特有的，也是自古皆然。就以吸食鴉片為例，在清代中後期那可是官民一體、領導帶頭的。

謂予不信，聊舉一例。某篇小說寫某地縣官派某瘦子捕役去抓吸食鴉片者，抓著抓著，這位執法者在一番敲詐勒索得手後居然躲在船上自顧自地抽起鴉片來。後面發生的事，更令人瞠目結舌，還是聽聽這位瘦子捕役的自白吧！

瘦子道：「晦氣事情就在後頭。我拿著了錢，快快活活回到船裏去過癮，不料才抽得兩筒，禍事到了，拍蹋拍蹋拍蹋。」胖子道：「什麼響？」瘦子道：「什麼響，鄉下人跳上船來呢。」胖子道：「跳下來做什麼？」瘦子道：「來合我過不去呢。霎時間跳下了三五個狠霸霸鄉下人，揎拳捋臂來奪我的煙盤傢伙，齊說你是捉私煙的，怎麼也在抽鴉片？知法犯法，合你自治公所去講話。我通只一個子，單人獨馬，如何敵得過他們？只得聽他們把傢伙搶去，別的倒也罷了，只可惜一大缸陳公膏，足有八兩幾錢，搶奪時光，竟被潑翻在船艙裏頭，現在想著，還有點子心痛。」胖子道：「這班鄉下人膽子倒大。」瘦子道：「想來總有人主使的，光是鄉下人，那裡有這般的膽量？」胖子道：「後來這事怎樣結果？」瘦子道：「他們把我的煙盤傢伙，交到自治公所裏，誰料自治公所裏的書記徐先生也正在過癮，聽得鄉下人喧鬧，丟掉槍出來詢問，鄉下人先搶著講話，我也不同他們爭論，盡讓他們去講，等他們講完了，徐先生問我，我道，這煙盤傢伙不是我的，我素來不抽烏煙，縣裏老爺也曉得的，此番奉著縣裏諭，下鄉來查私煙，辦理公事，不免認真一點子，他們都懷了怨，特特種贓誣我，這傢伙實不是我的。徐先生道，你這一面之辭，我也不便相信，待我細細的查，查明了再行稟縣。又向眾鄉人道，你們且去，我自有道理，替你們出這口惡氣。鄉下人聽了，只道徐先生果然要和我過不去，哄然散了。徐先生見他們散了去，向我道，你抽鴉片怎麼這樣不小心？現在禁煙當口，面子上總要遮遮，今天幸虧撞在我手裏，倘然張老爺在此，你可就要吃苦頭了。說畢，就把煙盤傢伙還了我。我見他這樣用情，倒不好意思白領他，只得把潑剩的大半缸陳公膏送給了他。你想這八兩多的陳公膏，一小半潑翻在船艙裏，一大半送給了徐先生，晦氣不晦氣？」胖子笑道：「三種煙鬼混在一堆兒，自然要搗蛋了。」瘦子道：「怎麼是三種煙鬼？」胖子道：「你吃衙門飯，可以算得官煙鬼。鄉下人只好算是私煙鬼。徐先生在自治公所辦公，可以算他公煙鬼。那不是三種煙鬼是什麼？」（《十尾龜》第三十四回）

這樣的結局，簡直令人啼笑皆非，但這在當時就是事實！更有意味的是，某些大義凜然地勸說部下不要吸食鴉片的達官貴人兼正人君子，他們的一片好心善念甚至會被處心積慮、居心叵測的位卑者所利用，從而達到他自己的目的。請看下一例：

某相國者，講學家也。其在翰林院掌院學士時，延一新留館之某太史為諸孫授讀。相國生平固深惡吸食鴉片煙者。太史到館數月，賓主極相契，相國方自喜為諸孫得良師。一日，太史獨坐齋中，整檢箱篋中物。篋底固藏有煙具，方一拂拭刮磨，相國忽自外入，亟掩藏之，已無及矣。相國坐既定，初只閒談，後徐及吸煙之害。太史悚息側聽良久，倏肅然起立，涕泗被面曰：「某不肖，未嘗奉教於太君子之前。少時偶因疾病，藥餌無靈，友朋因以吸煙勸。爾時不知其害，貿然從之，沉溺於此中者十年矣。今聞師相言，如夢初覺，十年來殆不可為人！自今日起，誓當痛絕之！」相國見其意誠，轉抱不安，慰之曰：「君既因病吸煙，驟絕之恐病復發，但有志戒絕，不妨徐徐云爾。」太史曰：「不然，改過貴於勇猛。向不知其為害，相與安之，今既知其非義，則斯須不可淹留。朝聞道夕死之謂何？即使觸發舊疾而死，不猶愈於吸煙而生乎？」乃即相國前啟篋盡取其煙具出，毀而棄之。相國大服其進取之猛、改過之速，為生平所未見，於是益加器重。留館未十年，遽保列京察一等，擢守大郡。實則太史生平從未吸煙也。（《清代官場百怪錄・誓戒煙真偽驗人心》）

這位「某太史」對於「某相國」的欺詐行為固然可惡，但我們回頭一想，更為可惡的卻是那些頑固不化的吸食鴉片者。但凡有一點良知的人，但凡頭腦有一絲清醒的人，都會對此深惡痛絕的。我們還是讓晚清小說家來為本文作一小結吧：

「看官們可曉得這些人究竟是人是鬼？原來那些人，說他是人，陽間卻又不見他們的蹤影；說他是鬼，陰間也無他的籍貫。只因他們出沒無定，或是煙裏來或是霧裏去，其名叫作煙鬼，久在阿芙蓉手下當差，在荒僻所在幻成房屋，引誘人家子弟呼吸那延壽膏的滋味。得能有一人被他們誘入彀中，阿芙蓉便與他記一大功，以便將來同證仙班。」（《蜃樓外史》第二十六回）

悲哉！我們的大煙鬼「先人」；可能還要悲哉，我們的吸毒者「後人」！

女人和魚

女人和魚，在中國文化史上好像總有種種剪不斷的聯繫，《詩經》中就有這方面的比興：

> 衡門之下，可以棲遲。泌之洋洋，可以樂饑。豈其食魚，必河之魴？豈其取妻，必齊之姜？豈其食魚，必河之鯉？豈其取妻，必宋之子？（《陳風．衡門》）

這是用「上色魚」來比喻「大美女」，於是，在詩人的歌唱聲中，齊姜宋子這些秀色可餐的美人也就與鯿魚鯉魚這些美味佳餚具有了審美意義上的聯繫。後來，人們乾脆將打魚和好色聯繫在一起，這就出現了「漁色」一詞，《禮記》中就有「諸侯不下漁色」的說法。那麼，這句話是什麼意思呢？請看「正義」：

> 正義曰：此一節更申明男女相遠，又坊人同姓淫泆之事。「諸侯不下漁色」，漁色，謂漁人取魚，中網者皆取之。譬如取美色，中意者皆取之，若漁人求魚，故云「漁色」。諸侯當外取，不得下向國中取卿、大夫、士之女。若下向內取國中，似漁人之求魚無所擇，故云「不下漁色」。（《禮記正義》卷五十一）

說來說去，無非也就是「兔子不吃窩邊草」的意思。國君娶妻，不能去找自己手下人的女兒，而只能到別國去求取。這倒也暗合了優生優育的原則，因為春秋戰國時代，國君與自己手下的卿、大夫、士之間，往往會有一定的血緣關係，而遺傳學告訴我們，夫妻雙方越是近親，所生子女就越會出現某些智力或體力方面的問題，而越是不同人種的配合，所生「混血兒」就會更優秀一些。當然，《禮記正義》之所云云，也只能是暗合「科學」而已，古人提出

「諸侯不下漁色」的問題，主要是出於禮節，故而，這段話出現在「禮記」之中，而非出自「遺傳工程學」。

再往後，「漁色」就成為一個專用詞，用來表現那些好色之徒的行為。這在中國古代的俗文學中多有表現。然而，更有意味的是，「女人和魚」之間的這種比喻到了下層文人編寫的笑話之中，卻又有了更為有趣也更為下流的表達，且看光緒二十五年（1899）出版的一本笑話集中的說法：

> 太太比鯉魚，舉止大方，莊重不佻，最喜醋溜，可惜肉老。姨太太比鯿魚，躺下分大，立起分小，肉細味鮮，可餐可飽。通房丫頭比黃花魚，一味溜邊，既美且鮮，名同幼女，秀色可餐。丫頭比鯽魚，活潑伶俐，輕盈體態，左右宜人，潔白可愛。奶媽子比大頭魚，愈臭愈鮮，咸可解饞，乳香腳氣，二者得兼。娼妓比河豚魚，美而有毒，恰比優娼，只圖適口，豈顧斷腸？小旦比金魚，並肩如玉，尤物移人，搖頭擺尾，暮楚朝秦。軟棚子比刀魚，巨口細腰，其形如刀，江南風味，令人魂消。瞎姑比鯖魚，無顧盼之多姿，非嬌嬈之名妓，傷無目之美人，迷多情之浪子。半掩門比蛤蜊，倚門賣俏，忽閉忽開，引人入勝，結彼禍胎。女金斗比蝦米，躦蹦跳躍，江湖生涯，滿身針刺，許人紛拿。（程世爵《笑林廣記》卷之三）

這裡，用各種「魚」來比喻各種「女人」。這些女人的身份，大多一目了然，但也有些要稍作解釋。「通房丫頭」是比一般丫鬟身份略高的丫鬟，因為她其實就是男主人沒有正名分的小妾，如《金瓶梅》之西門慶身邊的龐春梅，如《紅樓夢》之賈寶玉身邊的花襲人等。「軟棚子」，疑即「軟甲」，指戲臺上扮演不紮靠的女將軍或女俠客之類的女演員，她們身穿以柔軟而韌的物品製成的護身戰服。《花月痕》第四十八回：「采秋內衣軟甲，外戴頂觀音兜，穿件竹葉對襟道袍，手執如意。」《夜雨秋燈錄·龍梭三娘》：「更督婢織金翠，為女子軟甲，雕繪刻畫，窮極鬼工，工葳亦不著。」「軟棚子」又為伶人常桂諢名，仰屋生《夢華瑣簿》載：「京師有『春臺十子』之稱：金鳳曰『書呆子』，常桂曰『軟棚子』，長春曰『煤黑子』，金齡曰『黃帶子』，其餘六人余忘之矣。」「半掩門」即暗娼，指沒有公開營業的妓女。「金斗」即筋斗，元無名氏雜劇《黃花峪》第一折店小二云：「走將這幾個人來，酒也賣不成，整嚷了這一日。收了鋪兒，往鍾鼓司學行金斗去來。」「女金斗」即戲臺上的女筋斗。

程世爵《笑林廣記》中的這段將「女人和魚」對比的記載雖然頗為恰切，但由於某些名詞需要解釋，總覺得有些「隔」，倒不如稍後幾年出現的通俗小說中的說法更為豁達淺顯：

> 知三便湊趣說道：「你們知道魚品麼？」侍紅笑道：「我們不知道，倒要請教。」知三道：「把幾種魚來比幾種女人，頗得貼切。說自己的妻房比鹹魚，家常便飯，雖鹹雖臭，卻是省錢。」眾人大家笑起來了，知三又道：「小老婆比鯿魚，睡了便大。」眾人又笑了。知三又道：「青樓倌人比鰣魚，味雖鮮肥，可惜價大，芒刺骨多。野雞比河豚，肥雖肥，怕有毒。偷情好比龍肝，果然極好吃，只是捉不著。」眾人笑道：「龍本來不容易捉呢，你也比得匪夷所思。」知三又道：「尼姑寡婦比鯉魚、鱔魚，吃了罪過。」萱宜、秋鶴只看著蓮因笑。知三道：「自己的媳婦、女兒比金魚，能看不能吃。」眾人大家笑起來，說：「這比喻更為切當。」（《海上塵天影》第五十六章）

鄒弢的《海上塵天影》出版於光緒三十年（1904），比程世爵的《笑林廣記》僅僅晚了五年。可見，這種「女人和魚」的笑談在清末非常流行，可以說是當時不太黃的黃段子。但相比較而言，鄒弢筆下的這一段較之程世爵筆下的那一段也算「百尺竿頭更進一步」了。一個獵豔高手、漁色專家將各種「魚」比喻身邊諸「豔」，雖俗不可耐，但卻妙不可言。如此通俗易懂的連珠妙語，既生動活潑，又切中肯綮，但也有些無聊和無恥。

無聊而有趣，這是一種奇特的審美效果。然而，中國從古到今的文化人，就非常喜歡這種效果，其奈他何？君不見，在今天的包廂雅座乃至大排檔中，在那些文化的、次文化的人之間，於推杯換盞、酒酣耳熱之際，不就有不少這樣的「下酒」文化正在風起雲湧嗎？

這樣的事，不知究竟是好還是不好。

（《俗話潛流》，中國文聯出版社，2018 年 6 月出版）